임영기 新무협 판타지 소설
FANTASTIC ORIENTAL HEROES

대사부 15
임영기 新무협 판타지 소설

초판 1쇄 찍은 날 § 2010년 12월 24일
초판 1쇄 펴낸 날 § 2010년 12월 31일

지은이 § 임영기
펴낸이 § 서경석

편집팀장 § 서지현
편집 § 주소영 · 박우진

펴낸곳 § 도서출판 청어람
등록번호 § 제1081-1-89호
등록일자 § 1999. 5. 31
어람번호 § 제2-2027호

주소 § 경기도 부천시 원미구 심곡2동 163-2 서경B/D 3F (우) 420-822
전화 § 032-656-4452 팩스 § 032-656-4453
http://www.chungeoram.com
E-mail § chungeoram@chungeoram.com

ⓒ 임영기, 2009

ISBN 978-89-251-2395-0 04810
ISBN 978-89-251-2031-7 (세트)

※ 파본은 구입하신 서점에서 교환하여 드립니다.
※ 저자와 협의하여 인지를 붙이지 않습니다.
※ 이 책은 도서출판 청어람과 저작자의 계약에 의해 출판된 것이므로,
   무단 전재 및 유포 · 공유를 금합니다.

대사부
大邪夫

FANTASTIC ORIENTAL HEROES

임영기 新무협 판타지 소설

천신(天神)과 천마(天魔) [완결]

目次

제159장	철뇌옥의 두 남자	7
제160장	그녀들의 눈물	37
제161장	화경(化境)	63
제162장	악함의 끝은 없다	91
제163장	아아! 태문주!	115
제164장	다시 만나다	141
제165장	다섯 아내	167
제166장	절대자(絶對者)	197
제167장	허물어진 무림황제	225
제168장	천마(天魔) 이반	251
제169장	대사부(大邪夫)	279

第百五十九章

철뇌옥의 두 남자

대사부

패가수는 철옥수에게 부탁해서 태문주의 시신을 당분간 자신의 뇌옥에 둘 수 있도록 했다.
 철옥수는 태문주가 죽은 사실을 아직 보고하지 않았다. 패가수가 그만 됐다고 할 때까지 태문주의 시신을 그의 뇌옥에 둘 생각이다.
 패가수가 너무 슬퍼하고 애통해하는 것을 보고는 차마 그의 부탁을 거절할 수가 없었다.
 사실 철옥수는 상당히 무리를 하고 있는 것이다. 그런 사실이 발각되면 그는 살아남지 못할 터이다.

그가 무리를 하면서까지 그러는 것은 오로지 패가수에 대한 존경심 때문이지 어떤 대가를 바라는 것이 아니다.

철뇌옥에는 두 명의 철옥수가 근무를 하는데, 두 명씩 보름 간격으로 교대를 한다.

패가수를 치료하고 또 도와주고 있는 철옥수는 송광(宋光)이라는 사람이며, 동료인 진남(陳南)에게 사정을 잘 얘기해서 그도 동조하게 만들었다.

그럴 수 있는 밑바탕에는 패가수가 평소에 수하들에게 자비롭고 신망이 두터웠던 터라서, 동료 진남도 패가수를 존경하고 있었기 때문이다.

송광과 진남은 패가수를 직접 모신 적은 없었으나 일찍부터 소문으로 그런 사실들을 잘 알고 있었다.

두 사람의 다음 교대까지는 칠 일이 남았다. 그때까지는 태문주의 시신을 패가수의 뇌옥에 놔둘 수 있을 것이다. 별일이 없다면.

천신여의지경의 과정을 단계별로 나눈다면 모두 열일곱 단계가 있다.

전행(前行) 여덟 단계고, 후행(後行) 아홉 단계다.

거기에 굳이 이름을 붙인다면 전행을 팔고단사(八苦斷思)라고 할 수 있을 것이다.

'팔고'란 인간이 살아가면서 겪는 여덟 가지의 고통을 일컫는데 즉, 생(生), 노(老), 병(病), 사(死), 애별리(愛別離), 원증회(怨憎會), 구부득(求不得), 오음성(五陰盛)이다.

그 여덟 가지 고통을 단절하는 것이 '팔고단사'이다. 그것을 다 끊고 나면 후행의 과정에 진입하게 된다.

후행에 이름을 붙이면 구사구천단(九死九天丹)이라고 말할 수가 있다.

즉, 아홉 번 죽고 아홉 개의 천단을 얻는 것이다. 한 번 죽을 때마다 하나의 천단을 얻는다. 아홉 개의 천단을 다 얻으려면 아홉 번 죽어야 한다.

기개세는 자신의 뇌옥에 있을 때 전행인 팔고단사를 이미 끝낸 상태다.

무욕, 무상, 무통, 무아의 사무지경에 들어야 하는 이유는 완전한 무, 즉 절대완무(絕對完無)의 상태에 들어서야지만 전행인 팔고단사에 진입할 수 있기 때문이다.

기개세는 현재 후행 구사구천단의 네 번째 단계에 막 들어선 상태다.

구천단은 하늘에서 내리는 아홉 개의 구정화(九精華)를 일컫는 것이다.

하지만 실상은 기개세가 한 번 죽는 한 단계 때마다 실제로 하늘에서 무슨 환약 같은 것이 하나씩 떨어져 내리는 것이 아니다.

 사실은 삼라만상 중에 떠 있는 수천만 가지 기운을 흡수, 조합하는 과정에서 한 번 죽으면서 하나의 정화로 만들어 자신의 것으로 만드는 초자연적인 일이다.

 그 아홉 가지 정화는 단화(丹華), 신부(神符), 신단(神丹), 환단(還丹), 이단(餌丹), 연단(煉丹), 유단(柔丹), 복단(伏丹), 한단(寒丹)이라고 한다.

 현재 기개세는 구천단의 두 번째인 '신부'의 과정을 이루고 있는 중이다.

 후우…….

 이상한 소리에 패가수는 번쩍 눈을 떴다.

 그는 기개세의 시신 앞에 책상다리를 하고 앉아서 고개를 숙인 채 눈을 감고 있었다.

 그런데 갑자기 미약한 바람 소리 같은 것이 들려서 움찔 놀란 것이다.

 그는 제일 먼저 기개세를 쳐다보았다. 그가 가장 신경을 쓰는 것은 기개세다.

 그래서 그에게 혹시 무슨 일이 벌이진 것이 아닌가 해서 반사적으로 시선이 갔다.

 그렇지만 기개세에게선 아무런 일도 일어나지 않았다. 아까 봤던 그대로 반듯하게 눕혀져 있을 뿐이다.

패가수는 쓸쓸한 표정으로 기개세를 굽어보았다. 한 시대를 풍미했던 대영웅이 이런 초라한 몰골로 죽어서 자신의 앞에 누워 있다는 사실에 인생의 허무함을 느꼈다.

그는 자신도 오래지 않아서 이런 모습으로 죽게 될 것이라고 생각했다. 놀라운 기적이 일어나지 않는 한 그는 죽을 것이다.

사람이 평생을 살아가면서 과연 기적을 만날 가능성이 얼마나 되겠는가.

그는 기적을 눈으로 직접 목격해 본 적도 없다. 그래서 기적 따위는 믿지 않는다.

온몸에 열이 나면서 으슬으슬 춥고 손발이 점점 마비가 되고 있다.

그 이유는 어깨와 등의 썩은 기운이 온몸으로 빠르게 퍼지고 있기 때문일 것이다.

그는 쓸쓸한 눈빛으로 기개세의 몸을 찬찬히 살펴보았다. 무슨 의미를 두고 살피는 것이 아니라, 그저 생각없이 눈으로만 훑어보면서 머리는 다른 생각을 하고 있는 것이다.

지금 그의 작은 소망이 있다면 자신의 숨이 붙어 있을 때까지 기개세를 곁에 두고 싶었다.

그래서 자신도 죽을 때가 되면 그의 옆에 나란히 누워서 죽음을 맞이할 생각이다.

별다른 뜻이 있어서가 아니다. 한 사람은 한인이고 또 한 사람은 서장인으로서, 현세에서는 적으로 만났으나 죽은 다음에 내세(來世)에서는 친구가 되고 싶은 마음이다. 이렇게 하면 그 소원이 이루어질까 해서다.

그리고 또 하나의 이유를 말하자면, 이런 곳에서 고독한 죽음을 맞이한 기개세를 혼자 놔두고 싶지 않아서다.

향이라도 피우고 조촐하게 장례라도 치러주고 싶으나 여건이 되지 않기에 마음만으로 혼자서 최대한 경건하게 그를 보내고 싶은 것이다.

'태문주의 몸도 썩을 테지.'

패가수는 속으로 그렇게 중얼거리면서 기개세의 얼굴을 쳐다보았다.

"……!"

그러다가 무엇을 발견하고 움찔 놀라는 표정을 지었다.

그의 시선은 기개세의 눈에 고정되어 있다. 그런데 그의 눈이 고요히 감겨 있었다.

눈알을 후벼 파냈으니 눈이 감기지 않아야 하는데 감겨 있는 것이다.

더구나 패가수가 어제 그를 자세히 봤을 때에는 그의 두 눈이 퀭하게 움푹 파여져 있었다.

그런데 지금은 마치 잠을 자고 있는 것처럼 눈꺼풀이 덮여 있는 것이 아닌가.

 패가수는 눈을 껌뻑거리면서 자신이 어제 봤던 기개세의 모습에 대해서 기억을 더듬었다.

 그렇지만 어제 그의 시신을 이곳으로 옮겼을 때에도, 그리고 철뇌옥에 처음 질질 끌려 들어왔을 때에도 분명히 그의 두 눈은 퀭하게 움푹 꺼져 있었다.

 그래서 그것 때문에 패가수는 그가 장님이 됐다는 사실을 알았다.

 잔뜩 의구심이 든 패가수는 떨리는 손을 기개세의 눈을 향해 뻗었다.

 이어서 조심스럽게 그의 눈꺼풀에 손가락을 대고 가만히 위로 치켜 올렸다.

 "허억!"

 순간 패가수는 황급히 손을 떼고 뒤로 물러나다가 엉덩방아를 찧었다.

 손가락을 떼자 기개세의 눈은 다시 감겨졌지만, 방금 패가수는 그의 눈꺼풀 아래에 반짝이는 눈동자가 있는 것을 똑똑히 보았다.

 "어떻게 이런 일이……."

 구태여 다시 확인해 볼 필요가 없다. 패가수는 그 정도로 흐리멍덩한 사람이 아니다.

그는 혹시나 싶어서 기개세의 온몸을 다시 한 번 자세히 살펴보았다.

하지만 벌거벗은 그의 몸은 달라진 것이 없다. 여전히 손목과 발목이 잘려진 채 피가 엉겨 붙어 있고, 남근이 사라진 자리에는 거웃만 수북했다.

패가수는 고개를 절레절레 가로저었다.

'내가 어떻게 된 건가?'

그런데 그 순간 패가수의 머릿속에서 은은하게 범종을 울리는 듯한 소리가 들렸다.

[자넨 잘못된 것이 아닐세.]

"으헛!"

패가수는 움찔 놀라서 황급히 주위를 둘러보았다. 그러나 뇌옥 안에는 자신과 기개세의 시신뿐 아무도 없다.

그런데 그는 방금 들은 목소리가 다른 사람의 목소리가 아니라 자신의 생각 같다는 느낌이 들었다. 귀를 통해서 들린 타인의 목소리가 아니었던 것이다.

하지만 자신의 '생각'이라는 것은 느낌일 뿐이다. 구체적으로 어떤 단어나 말을 사용하지 않는다.

그런데 방금 그의 머릿속을 울린 그 정체불명의 '무엇'은 분명히 언어를 사용했다.

더구나 '자네'라고 지칭했다. 패가수 자신의 생각이라면 자신을 '자네'라고 하겠는가.

'대체 이게……'

귀신에게 홀린 듯한 기분으로 내심 중얼거리던 그는 어떤 사실을 깨닫고 흠칫 놀랐다.

'방금 그 목소리는 태문주의 목소리였다.'

그는 기개세의 목소리를 들은 적이 있었다. 그런데 방금 전에 들은 목소리는 그의 목소리가 분명했다.

패가수는 기개세를 물끄러미 굽어보면서 눈도 깜빡이지 않고 그 무엇인가를 찾아내려고 애썼다.

눈알이 없던 기개세에게 눈알이 다시 생겼다. 그런데 이번에는 패가수 자신의 머릿속에서 목소리가 들렸다.

그 목소리는 필경 불가의 혜광심어 같은 고명한 수법의 일종일 터이다.

잠시가 지나도 기개세에게선 아무런 변화가 일어나지 않았다. 그래서 결국 패가수는 남들이 보면 정신 나간 사람으로 오해할 만한 행동을 할 수밖에 없었다.

"방금 태문주가 내게 말했소?"

몹시 진지한 표정과 목소리로 죽은 기개세에게 그렇게 물은 것이다.

[그렇다네.]

그런데 그 정신 나간 행동에 응답이 돌아왔다. 또다시 패가수의 머릿속에서 범종이 울린 것이다.

패가수는 아까처럼 놀라지 않았다. 하지만 그는 기개세를 뚫어지게 주시하고 있는데 그에게서는 아무런 변화도 일어나지 않았다.

"어떻게 된 것이오? 태문주는… 죽은 것이 아니오? 혹시 영혼이 내게 말하는 것이오?"

패가수의 말은 하면 할수록 더 심각한 정신 나간 짓이 되고 있다. 그렇지만 그 자신은 그 어느 때보다도 진지했다.

[내가 죽었나?]

패가수의 머릿속에서 그렇게 울렸다.

"그… 렇소. 당신은 죽었소."

[아닐세. 죽고 있는 중이야.]

"엣?"

패가수는 그 말을 기개세가 현재 죽어가고 있으며, 아직은 살아 있다는 의미로 받아들였다.

그래서 그는 황급히 기개세의 가슴에 귀를 밀착시키고 심장 소리를 들으려고 했다. 하지만 심장은 뛰지 않았다.

기개세의 영은 지금 몸에서 빠져나와 허공중에서 자신의 몸과 패가수를 굽어보고 있었다.

그의 말은 틀리지 않았다. 그는 아홉 번 죽으면서 아홉 개의 정화를 이루고 있는 중이기 때문에 죽고 있는 중이라는 말을 한 것이다.

하지만 패가수가 놀라는 것을 보고 다시 말을 정정해야 할 필요를 느꼈다.

[나는 이미 죽었네.]

현세에서의 육신은 이미 죽었음을 뜻하는 것이다.

한 가닥 기대를 걸고 있던 패가수의 얼굴에 실망의 기색이 가득 떠올랐다.

"그렇구려."

기개세는 자신의 말을 또다시 곡해한 패가수를 이해시켜야 할 필요성을 느꼈다.

그래서 여태까지 한 번도 해본 적이 없는 시도를 해보기로 했다.

즉, 말이 아닌 '의미 전달'을 해보려는 것이다. 그는 이것을 같은 천족인 아미와 독고비에게만 해봤으며 보통 사람에게는 처음 시도하는 것이다.

"아……."

그때 문득 패가수가 해연히 놀라는 표정으로 가벼운 탄성을 흘렸다.

기개세가 주입시키는 의미가 패가수의 마음으로 이입되고 있는 중이다.

패가수의 얼굴이 시간이 지날수록 점점 환해지면서 또한

놀라움으로 물들어갔다.

잠시가 지났을 때 패가수는 만면에 경이로운 표정을 가득 떠올리고 기개세의 몸을 바라보았다.

"지금 내 마음이 생생하게 느끼고 있는 것은… 태문주가 전해준 것이오?"

[그렇다네.]

기개세는 다시 심어로 전했다.

그는 현재 자신이 처해 있는 상황에 대해서만 부분적으로 의미를 전달했기 때문에 패가수에게 더 이상 구구절절 설명할 필요가 없다.

다만 놀라움은 패가수의 몫이다. 또한 그가 이해를 하던가 불신을 하던가도 그가 할 일이다.

패가수는 한동안 뭔가 골똘하게 생각하더니 이윽고 환한 얼굴로 고개를 끄덕였다.

"그렇다면 태문주는 머지않아서 환생하겠구려."

[그렇게 말할 수 있지.]

패가수는 몹시 궁금한 표정을 지었다.

"지금 나를 보고 있소?"

[그렇네.]

"어디에 있소?"

[자네 머리 위에 있네.]

패가수는 자신의 머리 위쪽을 두리번거렸으나 당연히 기개세의 모습을 찾지 못했다.

"영의 상태로군요."

[자네가 내 몸을 지켜주지 않았으면 골치 아플 뻔했네.]

현재 기개세의 육신은 죽은 것이 아니다. 살았다 죽었다의 과정을 반복하고 있는 중이다.

하지만 살아 있는 동안은 아주 짧고 죽어 있는 시간이 길어서 누구든 죽었다고 여기는 것이다.

만약 패가수가 막지 않았으면 철옥수가 기개세의 몸을 규칙에 따라서 처리했을 것이다.

뇌옥에서 죽은 사람의 시신은 가족이 찾아가는 것이 원칙이지만, 기개세 같은 경우에는 가족에게 인도할 리가 없다. 필경 무연고자의 경우처럼 화장으로 처리할 터이다.

그렇게 되면 기개세는 육신을 잃어버리고 영으로만 떠돌게 될 것이다.

지금으로선 천신여의지경을 터득하는 데 영만으로 가능하지만, 장차 활동을 하려면 당연히 육신이 필요하다.

기개세는 천신여의지경을 완성하면 자신에게 어떤 능력이 생길지 현재로선 모르고 있다.

하지만 상식적으로 육신은 당연히 필요할 것이라는 게 그의 생각이다.

그러므로 자신의 육신이 버려지거나 소각되는 것을 막아준 패가수가 고마울 수밖에 없었다.

패가수는 처연한 표정을 지었다.

"하지만 내가 언제까지 태문주의 몸을 지켜줄 수 있을지는 알 수 없소."

그는 자신이 죽어가고 있기 때문에 그런 말을 한 것이다.

그런데 그의 말이 끝난 이후부터 기개세의 심어가 머릿속에서 울리지 않았다. 그래서 그도 가만히 있었다.

자신의 처지를 구구절절하게 하소연하는 것은 그에게 어울리지 않는 일이다.

한동안 침묵이 흘렀다. 패가수는 마음속으로 기개세에 대해서 생각하고 있었다.

현재 그가 사문의 신공을 연공하고 있는 중이라고 했는데, 과연 그게 어떤 것이기에 이런 식으로 연공을 하는 것인지, 그리고 완성하고 나면 어떻게 될지 궁금했다.

신공을 연공하는 과정에 뽑혔던 눈이 다시 생긴 것을 보면, 만약 완성하고 나면 더 놀라운 일이 벌어지지 않을지 자못 기대가 됐다.

"……!"

그때 문득 그는 어깨와 등의 상처 부위가 서늘해지는 느낌을 받고 가볍게 놀랐다.

혹시 상처가 잘못되는 것이 아닌가 하는 걱정이 제일 먼저 앞섰다.

그런데 서늘한 느낌이 사라지면서 이번에는 따스해졌다. 그리고 온몸에 신선한 기운이 맑은 시냇물처럼 흐르는 것이 느껴졌다.

'이것은 무슨 느낌인가?'

상처가 썩는 것 때문에 노심초사하고 있는 터라 자신의 몸에서 일어나는 변화를 나쁜 쪽으로만 생각했다.

그는 더럭 겁이 났다. 자신 때문이 아니라 더 이상 기개세를 돌봐줄 수 없을지도 모른다는 불안감 때문이다.

'이, 이것은?!'

그런데 어느 한순간 그는 소스라치게 놀랐다. 몹시 익숙한 기운이 느껴졌기 때문이다.

당장에라도 태산을 허물어뜨릴 수 있을 듯한 기운이 온몸에 충만했다.

그뿐 아니라 정신은 명경지수처럼 맑았으며, 몸이 새털처럼 가볍게 느껴졌다.

너무도 익숙한 느낌. 그것은 바로 무공이 폐지되기 전에 늘 지니고 있던 바로 그 느낌이었다. 그런데 어떻게 이런 일이 있을 수 있다는 말인가.

다 죽어가고 있는 그가 몸이 더 나빠지면 몰라도, 무공을 지니고 있는 듯한 느낌이라니, 그의 정신이 엉킨 실타래처럼 복잡해졌다.

그러다가 한순간 번갯불을 정수리에 맞은 것처럼 어떤 생각이 번쩍 들었다.

그는 급히 손을 어깨로 가져갔다. 그런데 어깨의 상처가 만져지지 않았다.

더듬거리면서 더 아래쪽으로 손을 뻗었으나 어디에서도 상처가 만져지지 않았다. 상처는커녕 보송보송한 맨살만 손끝에 느껴졌다.

'어떻게 이런 일이……'

썩어 문드러져서 움푹 파여졌던 상처가 깨끗이 사라졌다. 그것은 상처가 말끔히 나았음을 의미한다.

그는 그것이 기개세가 낫게 해준 것이라고 생각했다. 그가 아니면 이런 일을 할 사람이 없다.

조금 전에 어깨와 등 부위가 서늘해졌다가 따스해진 것은 상처가 낫는 과정이었던 것이다.

'그렇다면 설마……'

그 순간 그는 자신의 몸에 활화산처럼 넘치고 있는 기운에 생각이 미쳤다.

그는 운공조식을 해보려고 즉시 그 자리에 가부좌의 자세로 고쳐 앉았다.

눈을 지그시 감는가 싶더니 잠시 후에는 무아지경으로 깊숙이 빠져들었다.

그렇게 반 시진이 흘렀다. 그때 패가수의 몸에서 희뿌연 운무가 흐릿하게 흘러나오기 시작했다.

그러더니 이윽고 운무가 고리 모양으로 세 개의 층을 이루어 그의 몸을 중심으로 느릿하게 회전하기 시작했다. 희고[白], 푸르고[靑], 붉은[紅] 세 가지 색의 운무였다.

그런 그의 모습은 마치 천하에서 가장 높은 산 정상의 커다란 바위 위에 올곧은 모습으로 앉아 선계(仙界)에 들어서려는 신선을 닮았다.

백, 청, 홍 세 가지 운무가 고리 모양으로 몸 주위를 회전한다는 것은, 그가 연공하고 있던 무량육신공이 극성에 이르렀을 때에만 가능한 것이다.

전설로만 내려오던 천축의 최고 절학 무량육신공은 이날까지 아무도 대성하지 못한 것으로 알려져 있다.

패가수는 밤낮없이 연공을 했음에도 불구하고 무공이 폐지당하기 전에 기껏 육성 정도의 수준이었다. 아무리 노력해도 더 이상의 발전이 없었다. 그런데 그것이 지금 이 순간 완성된 것이다.

마침내 운공조식이 끝났다. 세 가지 색의 고리 모양 운무가 씻은 듯이 사라지고, 패가수는 전신에서 은은한 서기를 흩뿌리면서 꼿꼿하게 앉아 있다.

 스르르.

 눈이 떠지더니 두 눈에서 맑은 정광이 번쩍 뿜어졌다가 사라졌다.

 그의 모습은 운공조식을 시작하기 전하고는 극과 극 차이로 달라졌다.

 전의 모습이 죽음을 앞둔 절망자의 모습이었다면, 지금은 막 십 년 폐관을 마치고 나온 초절고수의 모습이다.

 패가수는 자신의 무공이 회복된 것은 물론 무량육신공을 극성까지 완성했다는 사실을 깨달았다.

 그래서 너무 기쁜 나머지 가슴이 터질 것 같아서 함성이라도 지르고 싶은 것을 겨우 참았다.

 지금은 환호할 때가 아니기 때문이라서 기쁨은 잠시 접어두기로 했다.

 그는 자신의 상처가 치료된 것도, 무공이 회복된 것도 모두 기개세의 솜씨라고 판단했다.

 한 올의 의심의 여지가 없다. 그가 아니면 이런 기적을 일으킬 사람이 없기 때문이다.

 굳이 이런 밀폐된 철뇌옥이 아니고 바깥세상이라고 해도 이런 엄청난 기적을 일으키는 것은 오로지 천검신문 태문주만이 가능하다고 생각했다.

만약 예전의 패가수였다면 기개세에게 이런 능력이 있다는 사실을 믿으려 들지 않았을 것이다.

하지만 그는 기개세가 육신과 영이 분리된 상태에서 신공을 연마하는 것을 알게 되었다.

그런 불가사의한 일을 하는 그이기에 기적이 가능할 것이라고 믿는 것이다.

"태문주……"

패가수는 떨리는 목소리로 기개세를 불렀다.

[자, 이제 내 몸을 계속 지켜줄 수 있겠나?]

패가수의 머릿속에서 잔잔하게 심어가 울렸다.

패가수는 자신도 모르게 울컥 하고 격한 감동이 솟구쳤다. 하지만 간신히 감정을 추스르고 가라앉은 목소리로 조용히 입을 열었다.

"언제까지고 태문주를 지켜 드리겠소."

그 말은, 이곳 철뇌옥에서만이 아니라 이후 죽을 때까지 기개세를 따르며 지키겠다는 뜻이다.

* * *

늦은 밤. 이반은 수라쾌별주 한 명만을 데리고 자금성을 빠져나왔다.

남궁산은 울전대로 하여금 자금성을 물샐틈없이 경계하여 개미새끼 한 마리 출입할 수 없도록 하라고 엄명을 내렸었다.

그러나 그의 엄명은 이반에게만은 지켜지지 않았다. 울황태신의 명령을 받은 울전대가 이반이 자금성을 마음대로 출입하는 것을 보고도 못 본 체하기 때문이다.

처음에 울황태신은 이반이 남궁산을 죽이고 항세검을 탈취하는 행위에 대해서 묵인하는 정도로 도움을 주겠다고 넌지시 자신의 뜻을 전했었다.

그런데 남궁산은 추호도 허점을 보이지 않았다. 즉, 울전대의 몇 명이 어떤 형태로 자신을 호위하라는 것까지 세세하게 명령하기 때문에 울황태신으로서는 그 명령을 거역할 수가 없다.

이반은 무한겁들에게 남궁산의 감시가 허술할 때를 포착하라고 명령했으나 도무지 그럴 기미가 보이지 않았다.

외려 남궁산을 호위하는 울황고수들이 너무 많아서 그를 감시하는 무한겁들이 발각될 위기에 처한 적이 한두 번이 아니었다.

이런 상황이 앞으로도 계속된다면 남궁산을 죽이고 항세검을 뺏어서 황위에 복귀하려는 이반의 계획은 언제 성공할는지 기약할 수가 없다.

그런데 남궁산은 자신의 족속들, 즉 남궁세가 사람들을 대거 자금성으로 불러들여서 속속 요직에 앉히고, 또 신하들을 자신의 입맛에 맞는 인물들로만 뽑으려고 하고 있다.

만약 그가 추진하는 일이 완성되어 순조롭게 울황제의 자리에 앉게 된다면, 이반은 설 자리를 완전히 잃게 되어 어디에도 빌붙지 못하게 될 것이다.

삼황사벌을 이끌고 중원 천하를 정벌한 율가륵의 장자, 즉 황태자가 이국 만리타국 땅에서 끈 떨어진 연 신세가 되는 날이 멀지 않았다는 뜻이다.

그래서 이반은 자신도 뭔가 수를 써야겠다고 마음먹었다. 이렇게 있다가는 가만히 앉아서 어어 하는 사이에 돌이키지 못하는 상황이 돼버리고 말 것이기 때문이다.

칠군대도독의 대장원.

매우 넓은 내실에 수십 명의 인물이 모여 있는데 바늘 떨어지는 소리까지 들릴 만큼 고요했다.

원래 이 내실에는 입구 맞은편이 상석이다. 두 계단 높이의 커다란 단상이 있고 그 위쪽에 크고 화려한 태사의가 놓여 있었다.

그런데 지금은 없다. 오늘 모임을 주관한 사람, 즉 이반이 단상과 태사의를 없애라고 칠군대도독에게 사전에 말을 전했기 때문이다.

그 대신 이반은 상석에 앉되 다른 사람들과 똑같은 탁자 앞에 똑같은 의자에 앉아 있다.

오늘 모임에서는 위엄 따위를 갖추는 것이 오히려 지장을 주기 때문이다.

이반 앞쪽 좌우에는 대략 삼십여 명이 십오 명씩 좌우로 나누어 앉아 서로 마주 보고 있다.

모두의 앞에는 작은 탁자가 놓여 있고, 거기에는 간단하지만 특급의 요리와 술이 놓여 있다.

하지만 아무도 술과 요리에는 손을 대지 않았다. 이반이 아직 손을 대지 않았기 때문이다.

이반의 오른쪽에는 칠군대도독이, 그리고 맞은편인 왼쪽에는 재상이 앉아 있다.

무반(武班)의 최고 우두머리인 칠군대도독과 문관(文官)의 최고 우두머리인 재상이 첫 번째에 앉았고, 두 사람 아래로 울제국을 좌지우지하는 무반과 문관들이 서열에 따라서 죽 늘어앉아 이반을 주시하고 있다.

이 자리에 있는 무반과 문관 삼십 명에게는 두 가지 공통점이 있다.

만약 이반이 계속 천상황 자리에 있었으면 모두 떨려 나갔을 인물들이라는 사실이다.

즉, 이반은 칠군대도독이 반란을 일으킨 그 다음날 이들을 모조리 파직시키고 새로운 인물들로 자신의 측근을 삼으려고 했다.

 또 하나의 공통점은, 이들 모두 남궁산에 의해서 원래 맡고 있던 지위가 유임(留任)되었다는 사실이다.

 즉, 이들 모두는 며칠 안으로 남궁산에게 재임명을 받을 예정인데, 그렇게 되면 예전처럼 막강한 권력을 누리게 되어 무엇 하나 아쉬울 것이 없는 신분이 된다.

 그런데도 이들이 이반의 부름을 받아 이 자리에 모일 수밖에 없었던 이유는 오직 하나다.

 남궁산이 한인이라는 사실이다. 삼황사벌이 세운 울제국의 황제로 한인을 모셔야 한다는 사실이 이들로서도 난감할 수밖에 없는 것이다.

 칠군대도독과 재상 이하 삼십 명이 궁여지책으로 남궁산을 황제로 받들면 우선 당장은 일신이 편하고 아무런 문제가 없을 터이다.

 하지만 자신들의 일신의 부귀영화를 위해서 동족을 배신해야 한다는 뼈아픈 현실이 늘 따라다닐 것이다. 가시방석이라는 뜻이다.

 또한 남궁산의 천하는 길게 갈 것 같지가 않다. 서장인이 세운 울제국의 황제 자리에 한인이 앉아 있는데 과연 그런 모순이 얼마나 지속되겠는가.

 이런저런 것들을 생각하면 미우나 고우나 이반이 천상황

으로 다시 복귀하는 것이 제일 좋은 방법이다.

하지만 그렇게 될 경우에 이곳에 있는 삼십 명의 운명이 순탄하지 않을 것은 자명한 사실이다.

만약 이반이 이들 삼십 명의 앞날을 보장만 해준다면, 이들은 두말할 것도 없이 이반의 편에 설 것이다.

이곳에 모인 삼십 명이 자못 긴장하고 있는 이유는, 이반이 오늘 자정에 삼십 명에게 발표할 것이 있다고 칠군대도독과 재상을 통해서 전해왔기 때문이다.

그래서 삼십 명은 아까부터 줄곧 이반의 입만 주시하고 있는 중이다.

그의 말에 따라서 삼십 명의 운명이, 그리고 울제국의 운명이 좌우된다.

"여러분."

드디어 이반이 오랜 침묵을 깨고 나직하지만 힘있는 목소리로 말문을 열었다.

삼십 명은 더욱 긴장하여 숨을 멈추었다.

긴장하기는 이반도 마찬가지다. 자신의 말 한마디에 따라서 이들을 자신의 편으로 끌어들이느냐 그러지 못하느냐가 달려 있기 때문이다.

"남궁산에게는 울전대뿐이오. 그나마도 울전대는 겉으로만 남궁산에게 복종하고 있는 형편이오."

남궁산에게는 울전대뿐이고 이반 자신은 그 외의 모든 것을 갖고 있다는 뜻이다.

하지만 가장 중요한 황제의 신물인 항세검을 남궁산이 갖고 있다는 말을 하지는 않았다. 불리한 말을 일부러 할 필요는 없는 것이다.

"나는 여러분에게 한 가지만을 말하고 싶소."

드디어 이반이 뭔가를 제시할 것이라는 생각에 좌중 여기저기에서 마른침을 삼키는 소리가 들렸다.

"나는 여러분을 원래의 지위에 유임시키겠소."

삼십 명은 눈도 깜빡이지 않고 이반을 주시했다. 방금 이반이 한 말은 그들이 고대했던 내용이다.

하지만 그것으로는 부족하다. 그것을 뒷받침할 만한 내용이 첨가되어야만 한다.

이반은 모두의 바람을 저버리지 않았다. 아니, 모두의 바람을 뛰어넘는 조건을 내놓았다.

"여러분의 지위는 여러분 각자가 죽을 때까지 지속될 것이오."

일순 모두의 얼굴에 환한 표정이 역력하게 떠올랐다. 죽을 때까지 보장되는 지위라니, 이보다 더 확실한 보장은 없을 것이다.

"그것을 어떻게 약속하시겠습니까?"

철뇌옥의 두 남자

그때 칠군대도독이 조용한 어조로 물었다. 그것은 무엇보다 중요한 물음이다.

 아무리 번지르르한 약속이라고 해도 지켜지지 않으면 반푼 어치의 가치도 없다.

 그러나 이반의 입에서 나온 말은 모두의 마음을 흡족하게 만들었다.

 "여러분 삼십 인이 만장일치로 탄핵(彈劾)하면 황제를 폐위할 수 있는 법을 만들겠소."

 순간 모두의 얼굴에 환한 표정이 떠올랐다. 삼십 명이 만장일치로 황제를 탄핵하여 폐위시킬 수 있다니 이보다 더 확실한 보장은 없다.

 더구나 그것을 법으로써 못 박아놓으면 이반으로서도 어쩔 수가 없게 된다.

 좌중의 삼십 명은 그제야 무거운 짐을 내려놓은 듯한 편안한 표정을 지었다.

 그때 이반이 술잔을 높이 들어 올렸다.

 "울제국을 무궁한 번영을 위하여!"

 기분이 더없이 좋아진 삼십 명은 술잔을 들고 이구동성으로 외쳤다.

 "천상황 폐하! 만세! 만만세!"

 술잔을 입에 대는 이반의 입가에 보일 듯 말 듯 흐릿한 미소가 매달렸다.

그의 약속에 치명적인 맹점(盲點)이 있다는 사실을 아무도 눈치채지 못했다.

이반은 두 가지를 약속했다.

첫째는, 삼십 명 각자가 죽을 때까지 현재의 지위를 보장하겠다는 것이다.

즉, 삼십 명 중에 누군가 죽으면 그 지위는 자연히 다른 사람에게 넘어간다.

다시 말해서 이반이 삼십 명을 차례대로 한 명씩 죽일 수도 있는 것이다. 이반이 그들을 죽이지 않겠다는 약속을 하지는 않았다.

둘째, 삼십 명이 만장일치로 탄핵을 발의하면 천상황을 폐위시킬 수 있다고 했다.

그 약속을 다시 해석하자면, 삼십 명 중에 한 명이라도 모자라면 탄핵은 성립되지 않는다는 뜻이기도 하다.

그러므로 웬만큼 시일이 지나 황권이 안정됐다고 판단했을 때, 이반이 삼십 명을 차례로 죽인다면 정족수(定足數)가 미달되어 만장일치 탄핵은 영원히 이루어지지 않을 것이라는 얘기가 된다.

第百六十章
그녀들의 눈물

대사부

패가수는 무공이 회복되고 무량육신공을 대성했으나 철뇌옥을 나가지 않았다. 아니, 나갈 생각이 없었다.
 기개세 곁에 머물고 싶다는 한 가지 이유에서다.
 예전보다 훨씬 고강해진 그가 답답하기 짝이 없는 철뇌옥에 웅크리고 있다는 것은 대단한 인내심을 필요로 했다.
 하지만 기개세의 신공 연마가 끝날 때까지 곁에서 지켜주고 싶다는 열망이 더 크기 때문에 나가고 싶은 마음을 극복하는 데에는 어려움이 없었다.

"그런가?"

오늘로서 철뇌옥 임무가 끝난다는 철옥수 송광의 말에 패가수는 고개를 끄덕였다. 하지만 패가수는 그다지 염려하는 기색이 아니다.

송광과 한 조를 이룬 진남 두 사람은 보름 후에야 다시 철뇌옥으로 내려올 수가 있다.

그러므로 기개세의 몸을 계속 패가수의 뇌옥에 둘 수 없게 된 것이다.

아니, 그게 아니라 송광과 진남은 기개세가 죽었다고 믿기 때문에 그의 시신을 밖으로 운반해야만 한다.

"자네, 내 부탁 하나 들어주게."

패가수의 말에 송광은 그가 기개세의 시신을 계속 자신의 뇌옥에 놔달라는 줄 알고 지레 난색을 표했다.

"그것은……."

패가수는 빙그레 미소 지었다.

"그게 아니라 내가 서찰을 하나 써줄 테니까 그것을 어떤 사람에게 전해주라는 얘길세."

"아, 그런 것이라면 들어드리겠습니다."

"대황군 전하."

한 사내가 뇌옥 안으로 한달음에 달려들어 오더니 바닥에 책상다리로 앉아 있는 패가수 앞에 납작하게 부복했다.

그 사내는 산추루(散推累)라는 이름을 지녔으며 패가수의 심복 중에 한 명이다.

송광은 철뇌옥 임무를 끝내고 밖으로 나갔다가 패가수가 써준 서찰을 산추루에게 전해주었다.

산추루는 서찰을 읽은 후 패가수의 심복들을 모아 서찰을 읽게 해주었다.

패가수의 원래 지위는 토벌총군주다. 토벌총군 휘하에는 십만 명의 고수가 있으며, 패가수가 직접 선발하고 가르친 정예 중의 정예다.

토벌총군은 울제국 칠군의 어디에도 속해 있지 않은, 이른바 별동대(別動隊)다.

토벌총군 휘하에는 도합 십군이 있으며 각 군은 만 명으로 이루어져 있다.

예전에 기개세가 낙양성에 있을 때 그를 공격하러 선봉에 섰던 것이 바로 토벌총군이었다.

토벌총군의 부총군주, 즉 제일군주는 여파락(呂波駱)이라는 인물인데, 패가수를 위해서라면 물불을 가리지 않을 정도로 충성스러운 것으로 정평이 났다.

부총군주라는 지위를 굳이 설명하자면 칠군도독과 비슷한 권력을 지니고 있다고 할 수 있다.

"고개를 들어라."

패가수의 조용한 말에 산추루는 조심스럽게 고개를 들고 그를 바라보았다.

"어떻게 됐느냐?"

산추루는 다시 고개를 조아리고 공손히 아뢰었다.

"부총군주께서 즉시 조치를 하셔서 철뇌옥을 수중에 넣으셨습니다."

부총군주 여파락이 철뇌옥을 관리하는 우두머리, 즉 철뇌옥주 따위의 하위직을 주무르는 것쯤은 여반장(如反掌)처럼 쉬운 일이다.

"잘했다."

패가수는 고개를 끄덕였다. 이로써 철뇌옥에 대해서는 염려하지 않아도 될 터이다.

현재 패가수의 뇌옥에는 기개세가 없다. 패가수가 그를 원래의 뇌옥으로 잘 모셔다 두었다.

이곳에 산추루 등이 들락거리다가 그를 보고 이상하게 생각할까 봐 손을 써둔 것이다.

"자금성 내에는 일군 휘하 백 명만 남겨두고 전체는 북경성 밖에서 대기하라."

토벌총군은 어디에도 속해 있지 않은 별동대이기 때문에 오직 패가수의 명령에만 따른다.

"바깥 동향은 어떠냐?"

패가수의 물음에 산추루는 고개를 조아렸다.

"자금성은 남궁산이 장악하고 있습니다. 남궁세가 사람들을 불러들여 측근에 두었으며, 재상과 칠군대도독 등을 유임시켜서 자신의 사람으로 만들려고 책동 중입니다."

패가수는 그럴 줄 알았다는 표정을 지으며 고개를 끄덕였다. 그는 남궁산이 울제국의 황제가 되려는 의도가 분명하다고 생각했다.

"이반의 소식은 없느냐?"

그는 친형의 이름을 거침없이 불렀다.

"자금성 내에서는 보이지 않습니다."

패가수는 비록 이곳에 있으나 바깥이 어떻게 돌아가는지는 알아야 한다.

그는 자신이 어떻게 해야 할지를 아직 결정하지 못했다. 무공이 폐지됐을 때에는 그저 다나를 구하기만 하면 그것으로 족했는데, 이제는 상황이 변했다.

그렇다고 울제국 황제 자리가 탐나는 것은 아니다. 다만 지금은 그때하고 상황이 달라졌다. 기개세와 함께 행동해야 하기 때문이다.

"다나가 어디에 있는지 알아내고, 무슨 수를 써서라도 그녀를 자금성 밖으로 구해내라."

"존명."

이어서 패가수는 산추루에게 손을 저었다.

"됐다. 이제 그만 가봐라."

산추루는 움찔 놀랐다.

"대황군께선 나가지 않으십니까?"

"나는 이곳에 있겠다."

산추루는 영문을 알 수 없다는 표정을 지었다. 그러나 감히 물을 수는 없다.

"당분간 있는 것이다."

패가수의 말에 비로소 산추루의 얼굴에서 염려하는 표정이 지워졌다.

패가수는 산추루의 어깨에 손을 얹었다.

"산추루, 다나를 부탁한다."

산추루의 얼굴에 결연한 의지가 서렸다.

"기필코 소저를 구하겠습니다."

산추루를 비롯한 심복들은 오랫동안 패가수를 곁에서 모셨기 때문에 그와 다나의 관계를 누구보다 잘 알고 있다.

산추루가 철뇌옥을 나간 후에 패가수는 뇌옥을 나와 기개세의 뇌옥으로 갔다.

여파락이 철뇌옥주를 포섭했기 때문에 패가수는 이곳에서만큼은 자유를 누릴 수가 있게 되었다.

기개세는 뇌옥 한복판에 덩그렇게 혼자 누워 있었다.

패가수는 기개세에게서 일 장쯤 떨어진 곳에 조심스럽게 앉았다.

그의 눈에 보이는 것은 사지 손목과 발목, 남근이 잘린 모습의 기개세뿐이다. 그의 영이 지금 무엇을 하는지는 알 수가 없다.

그는 한동안 앉아 있었으나 기개세가 아무 말도 걸지 않자 이윽고 자신의 뇌옥으로 돌아왔다.

* * *

동풍장은 초상집 같은 분위기다.

기개세가 있을 때에는 북적거리면서 활기에 넘쳤는데 지금은 인적마저 드문데다 고요한 절간 같은 분위기다.

드나드는 사람도 거의 없다. 천라대 북경 지부 지부주 사록만이 이따금씩 보고를 위해서 들를 뿐이다.

기개세가 없는 상황에서 현재 동풍장의 주인이라고 할 수 있는 아미와 독고비는 하루 종일 방 안에 틀어박혀서 꼼짝도 하지 않는다.

식사 시간에도 나타나지 않고, 사람들을 만나지도 않는다. 진운상이나 유정이 방에 찾아가도 별로 할 말이 없어서 가만히 앉아 있다가 나올 뿐이다.

두 여자가 원하는 것은 기개세의 소식인데 전해줄 만한 것이 없기 때문이다.

그녀들이 유일하게 기다리는 사람이 사록이다. 그는 천라대 북경 지부의 전 수하를 동원해서 기개세에 대한 정보를 수집하고 있는 중이다.

하지만 지금까지 사록이 알아낸 것은 별로 없다. 기개세가 자금성의 철뇌옥이라는 곳에 감금되었다는 것. 철뇌옥은 자금성 지하 오십여 장 깊이에 있으며 경비가 삼엄하다는 것 정도에 불과하다.

실내에는 아미와 독고비가 있지만 그녀들의 숨소리조차 들리지 않을 정도로 조용했다.

아미는 탁자 앞에 꼿꼿한 자세로 앉아 있고, 독고비는 침상에 이불을 뒤집어쓴 채 누워 있다.

두 여자는 삶의 의욕을 깡그리 잃어버렸다. 모든 것이 귀찮고 무슨 일이든 하고 싶지 않다.

기개세가 없다는 사실은 그녀들에게 모든 것을 송두리째 앗아가 버렸다.

두 여자는 움직이는 것도 싫어서 같은 자세로 몇 시진 동안 꼼짝도 하지 않는 것은 예사다.

독고비는 원래 자신의 감정에 솔직한 성격이라서 그렇다고 해도, 아미마저 똑같이 행동하는 것은 뜻밖이다.

"언니."

그때 독고비가 이불을 걷고 얼굴을 드러내 오랜 침묵을 깨며 아미를 불렀다.

세수도 하지 않은데다 머리는 까치 둥우리처럼 마구 헝클어진 모습이다.

자신을 예쁘게 봐줄 기개세가 없기 때문에 전혀 꾸미지 않은 탓이다.

독고비가 불러도 아미는 쳐다보지도 않는다. 그저 벽만 뚫어지게 주시하고 있을 뿐이다.

"우리… 자금성에 가봐요."

그러나 아미는 꼼짝도 하지 않는다. 당치도 않은 말이기 때문이다.

독고비는 일어나 앉아서 며칠 사이에 뺨이 움푹 들어간 초췌한 얼굴로 재차 말했다.

"언니, 이대로 있다가는 숨이 막혀서 죽을 거 같아요. 죽더라도 대가 곁에서 죽고 싶어요."

그것은 차라리 애원이었다.

"하아……."

그제야 아미는 깊은 한숨을 토해냈다. 독고비의 심정이 자신의 심정과 똑같기 때문이다.

그리고 그녀의 애원이 이루어질 수 없다는 사실을 너무나 잘 알기에 대답할 말이 없다.

독고비도 자신의 말이 억지라는 것을 잘 알고 있다. 그녀와 아미는 천신기혼을 기개세에게 모조리 주었기 때문에 지금은 보통 사람이나 다름이 없는 처지다.

그런 상태에서는 자금성에 잠입하는 것은 고사하고 동풍장을 나와서 자금성까지 가는 것조차 어려운 일이다. 가다가 울군사들에게 검문이라도 당하면 꼼짝없이 당할 수밖에 없는 처지다.

그런데도 이런 억지를 부려야만 하는 이유는 기개세가 너무도 그립기 때문이다.

그가 없는 곳에서 수십 년을 사는 것보다 그의 곁에서 단 한 시진만이라도 머물 수 있다면 목숨이라도 선뜻 내놓을 수 있는 심정이다.

척!

갑자기 독고비가 침상에서 내려섰다.

"언니가 안 가겠다면 나 혼자서라도 가겠어요."

그러더니 그녀는 고집스럽게 입을 꼭 다물고는 비틀거리면서 문으로 향했다.

그제야 아미는 의자에서 일어나 독고비에게 다가갔다.

"그러지 말아요."

"내버려 둬요!"

순간 독고비는 새된 소리를 빽 질렀다.

아미는 멈칫했다가 다시 다가가면서 달래듯이 말했다.

"자금성까지도 가지 못하고 붙잡힐 것이라는 사실을 알고 있잖아요?"

독고비는 문 앞에서 멈추고 고개를 숙인 채 입술을 잘근잘근 씹었다.

아미는 독고비의 어깨에 부드럽게 손을 얹었다.

"참아요. 대가께선 반드시 돌아오실 거예요."

탁!

"언니는 참을 수 있을지 몰라도 나는 못 참아요!"

순간 독고비는 뒤돌아서면서 아미의 손을 거세게 뿌리치며 뾰족하게 소리쳤다.

갑작스런 반응에 아미는 깜짝 놀랐으나 독고비의 눈에서 눈물이 철철 흐르고 있는 것을 보고는 가슴이 찢어지는 것처럼 아팠다.

"비매."

"이렇게 앉아서 기다리다가 빼빼 말라서 죽는 것보다는 대가께 가다가 죽는 편이 나아요!"

독고비는 두 주먹을 부르쥐고 바락바락 악을 썼다.

"내가 가든지 말든지, 죽든지 말든지 언니는 간섭하지 말아요! 대가에 대한 사랑이 나보다 언니가 부족해서 참을 수 있는지 몰라도 나는 안 돼요! 그게 안 된다구요!"

짜악!

"악!"

순간 아미가 독고비의 뺨을 세차게 후려쳤다.

독고비는 고개가 홱 돌아가면서 털썩 바닥에 주저앉았다.

그녀는 일어나지 않고 바닥에 엎드려서 애간장이 끓는 듯이 오열했다.

아미는 그녀를 굽어보면서 더없이 착잡한 표정을 지었다.

그때 독고비가 갑자기 두 팔로 아미의 다리를 와락 안으면서 울부짖었다.

"으흐흑! 언니! 차라리 날 죽여줘요! 더 이상은 못 견디겠어요! 하루하루가 지옥이에요! 죽으면 이런 고통을 당하지 않을 거예요! 어서… 날 죽여줘요! 흐흐흑!"

"비매……."

"으흐흑! 대가가 너무 보고 싶어서 숨이 끊어질 것만 같아요! 어쩌면 대가는 이미 돌아가셨는지도 몰라요! 그렇다면 한시바삐 대가를 따라가야 저승에서 만날 수 있을 거 아니겠어요? 어서… 어서 나를… 흐흐흑!"

아미는 독고비를 떼어내고 그녀와 마주 앉았다.

"비매, 나는 대가께서 반드시 돌아오실 거라고 믿어요."

"정말… 그럴까요?"

독고비는 눈물범벅인 얼굴을 들어 아미를 바라보았다.

아미는 고개를 끄덕이며 빙그레 미소 지었다.

"물론이에요. 대가께서 언제 우리를 실망시킨 적이 있던가요? 대가께선 이번에도 보란 듯이 늠름하게 돌아오실 거예요. 난 믿어요."

"정말 그렇게만 된다면……."

"대가께서 돌아오셨을 때 만약 비매가 없다면 대가께서 얼마나 슬퍼하시겠어요."

"그렇군요……."

아미는 손을 뻗어 독고비의 눈물을 닦아주었다.

"이제 그만 울고 기운을 내요. 대가께서 돌아오시면 예쁜 얼굴을 보여 드려야죠."

"네, 언니."

아미의 위로는 독고비에게 큰 힘이 되었다. 아미가 아니었으면 독고비는 정말 자금성으로 가려고 했다. 그다음에는 무슨 일이 벌어지든지 상관하지 않았다.

독고비는 초췌한 얼굴에 미소를 지으면서 아미를 바라보다가 깜짝 놀라 눈을 크게 떴다.

"아! 언니."

아미는 의아한 표정을 지었다.
독고비는 아미의 머리를 쳐다보면서 더듬거렸다.
"언니, 머리카락이……."
아미의 눈처럼 흰 은발이 뭉텅이로 부스스 흘러내리고 있었다.
"아아……."
독고비가 놀라서 쳐다보고 있는 동안에도 아미의 은발은 무더기로 마구 빠져서 비가 오는 것처럼 쏟아져 내렸다.
그러더니 잠시 후에는 아미의 머리에 한 올의 머리카락도 남지 않았다.
아미는 자신 앞에 수북이 떨어져 있는 머리카락을 물끄러미 굽어보았다.
그러는 그녀의 얼굴에는 그저 변함없이 차분한 표정만 떠올라 있을 뿐이다.
"언니……."
그 모습을 보고 독고비는 가슴이 찢어지는 슬픔과 후회를 느꼈다.
얼마나 절망하고 상심했으면 머리카락이 다 빠지겠는가.
독고비의 슬픔이 크다고 해도 그 정도는 아니다. 그런데도 아미는 겉으로 추호도 내색하지 않고 혼자서 속으로 그것을 다 삭이고 있었다.

아니, 오히려 독고비를 만류하고 보듬어주면서 위로해 주지 않았는가.

독고비는 아미에 대한 미안함과 안쓰러움이 북받쳐 올라서 와락 그녀를 끌어안으며 울음을 터뜨렸다.

"으흐흑! 언니! 내가 잘못했어요! 다시는 안 그럴게요!"

중처럼 반지르르한 머리가 된 아미는 그런 독고비의 등을 부드럽게 토닥여 주었다.

"우리 대가께서 오실 때까지 함께 열심히 견뎌요."

     *   *   *

기개세가 철뇌옥에 감금된 지 한 달이 지났다.

현재 그는 네 번 죽었고 앞으로 다섯 번 더 죽어야지만 구사구천단을 완성하여 구정화를 이룰 수 있다.

그는 보름 전에 패가수를 도와준 이후 보름 동안 한 번도 깨어난 적이 없다.

패가수는 하루에도 몇 번씩이나 기개세의 뇌옥을 들락거리면서 살펴보기를 게을리 하지 않는다.

또한 패가수는 기개세의 뇌옥에 들어갈 때마다 그에게 혹시 무슨 이상이라도 있는지 세심하게 살폈다.

그러나 기개세는 언제나 뇌옥 한가운데에 반듯하게 누운

상태에서 한 치도 움직이지 않은 모습이다.

 그렇지만 패가수는 머릿속 가득 걱정투성이다. 그중에서도 기개세가 한 달 동안 아무것도 먹지 않은 것이 제일 큰 걱정거리다.

 귀신이라면 몰라도 살아 있는 사람이 어떻게 한 달 동안씩이나 물 한 모금 마시지 않고 살 수 있겠는가.

 그래서 패가수는 죽이라도 쑤어다가 기개세에게 먹여볼까 하고 여러 번 생각을 해봤다.

 하지만 그러다가 자칫 그의 연공을 망치거나 주화입마에 들게 해서 천추의 한을 남기게 될까 봐 이러지도 저러지도 못하고 있다.

 더구나 지난 보름 동안 기개세의 영하고 한마디도 나누지 못했기 때문에 걱정은 더 쌓여만 갔다.

 그렇다고 위험이 닥쳤거나 무슨 큰일이 벌어진 것도 아닌데 먼저 말을 걸 수도 없는 상황이다.

 패가수는 철뇌옥에 있지만 산추루가 수시로 드나들면서 바깥의 사정을 자세히 보고해서 잘 알고 있다.

 그가 바깥 사정을 파악하려는 이유는 두 가지다.

 첫째는 기개세의 안전을 위해서다. 현재로선 그의 연공이 언제 끝날지 모른다.

 그가 연공을 할 수 있는 최적의 장소는 바로 철뇌옥이다.

모순이지만, 그런 점에서 그가 철뇌옥에 감금된 것은 잘된 일이라고 할 수 있다.

만약 패가수가 없었다면 그의 연공은 불가능했을 것이다. 그의 육신이 죽었다고 판단한 철옥수가 이미 오래전에 육신을 소각했을 것이기 때문이다.

패가수는 무슨 일이 있어도 기개세가 연공을 무사히 끝낼 수 있도록 전력을 다해서 도울 생각이다.

둘째는 다나를 구하는 일이다. 자금성 내의 거처에 감금되어 있는 다나를 구해서 되도록 멀리 보낼 수 있다면 패가수는 큰 걱정을 덜게 되어 이후 무서울 것 없이 행동할 수 있을 것이다.

그런데 산추루가 전력을 다해서 그 일을 추진하고 있지만 아직 다나 근처에도 접근해 보지 못한 형편이다.

남궁산의 명령으로 그녀 주위를 울전대가 삼엄하게 지키고 있기 때문이다.

"허엇?"

오늘 세 번째로 기개세의 뇌옥에 들어서던 패가수는 너무 놀라서 자신도 모르게 헛바람 소리를 냈다.

기개세의 육신이 몰라볼 정도로 변했기 때문이다.

오늘 정오 무렵에 두 번째 이곳에 들어왔을 때에도 그대로

였던 육신이 지금은 마치 목내이(木乃伊:미이라)처럼 변해 버린 것이다.

육신에 살은 한 점도 붙어 있지 않고 뼈만 앙상하게 남았으며 얼굴은 해골이나 진배없는 모습이다.

"이… 게 어떻게 된 일인가?"

패가수는 거의 혼비백산한 얼굴로 급히 기개세에게 가까이 다가갔다.

하지만 무엇을 어떻게 해야 할지를 몰라서 발만 동동 구를 뿐이다.

뇌리에 번쩍 스치는 것은 두 가지다. 기개세의 연공이 잘못되어 주화입마에 들었거나, 아직도 연공을 하고 있는 상황일지 모른다는 사실이다.

연공 중이라면 다행이지만 주화입마라면 큰일이다. 그러나 어떤 상황인지도 전혀 모르는데다 설혹 주화입마라고 해도 어떻게 해야 할지를 모르기 때문에 패가수의 속이 바짝바짝 타들어갔다.

'아, 이 일을 어떻게 해야 하는가?'

패가수는 얼굴을 잔뜩 찌푸린 채 진땀을 흘리면서 기개세의 몸 주위를 빙빙 맴돌았다.

그는 여전히 어떻게 할지를 결정하지 못하고 있다. 주화입마라면 한시바삐 손을 써야 할 테고, 연공 중이라면 손을 댔다가 오히려 화를 부르고 만다.

그때 패가수는 이상한 기척을 느끼고 재빨리 열어놓은 뇌옥의 철문 밖을 쳐다보았다.

아무 소리도 들리지 않았으나 뭔가 이상한 기운이 접근하는 듯한 느낌을 받은 것이다.

스우우…….

그가 급히 철문 쪽으로 걸음을 옮기려는데 통로 철뇌옥 입구 쪽에서 기이한 음향이 들려왔다.

"웃!"

그런데 이상한 일이 또 벌어졌다. 밖으로 나가려던 그는 한 발자국도 앞으로 내딛지 못했다.

그는 무량육신공을 극성으로 터득한 상태다. 그런데도 공력을 아무리 끌어올려 발걸음을 내디뎌도 오히려 뒤로 조금씩 밀리고 있다.

후후우우우—

철뇌옥 입구 쪽에서 들려오던 음향은 더욱 커져서 이제는 통로에서 들려오고 있다. 마치 무엇인가 이곳으로 다가오는 듯한 분위기다.

지이이…….

그런데다가 바닥에 단단하게 밀착시킨 상태인 그의 두 발바닥이 끌리면서 뒤로 밀리고 있었다.

'으으… 이게 무슨 조화라는 말인가?'

그는 힐끗 기개세를 돌아보았다. 지금 이 순간에도 자신의 안위보다는 기개세가 더 걱정스러웠다.

그런데 뒤돌아보던 그는 움찔 놀랐다. 기개세의 몸이 누운 자세로 바닥에서 반 장 정도 허공에 떠서 정지되어 있는 것을 발견했기 때문이다.

그리고 목내이처럼 깡마른 그의 몸이 푸르스름하게 변해 은은하게 빛나고 있는 것이 아닌가.

순간 패가수는 한 가지 사실을 깨달았다. 기개세의 몸이 목내이처럼 변한 이유는 주화입마가 아니라 연공 때문이다.

그리고 지금 벌어지고 있는 기이한 현상도 그것의 연장인 것이다.

바로 그 순간 엄청난 일이 벌어졌다.

콰아아아―!

열어놓은 철문을 통해서 눈부신 청광(靑光)이 폭발하는 것처럼 쏟아져 들어왔다.

"으헉!"

패가수는 눈이 멀어버리는 것만 같아서 황급히 고개를 돌리며 외면했다.

그와 동시에 피해야 한다는 생각을 찰나지간에 했으나 이미 때가 늦었다.

그는 입구를 막고 서 있는 상황이라서 뇌옥 안으로 쏟아져 들어오는 해일 같은 청광이 당연히 그를 휩쓸 수밖에 없는 상황이다.

후우우웅!!

'아……!'

청광이 휩쓰는 순간 패가수는 흡사 온몸의 내장과 뼈들을 꺼내서 차디찬 얼음물 속에 집어넣은 것 같은 혹독한 한기를 느꼈다.

그런데 다음 순간 패가수는 뇌옥 안으로 쏟아져 들어온 엄청난 청광이 허공에 뜬 채 정지해 있는 기개세의 몸으로 한꺼번에 흡수되는 광경을 발견했다.

스파앗!

그러더니 한순간 청광이 한꺼번에 사라져 버렸다. 마치 방금 일어난 일이 착각인 것만 같았다.

그렇지만 패가수는 아직 몸을 움직일 수가 없는 상태다. 뼛속까지 얼어버린 것 같아서 조금만 움직여도 몸이 조각날 것만 같았다.

그런데다가 머릿속마저도 뇌를 얼음물에 담갔다가 꺼낸 것처럼 아릴 정도로 차가웠다.

그는 얼어버린 듯한 자세로 서 있으면서 기개세의 몸이 투명한 청옥처럼 은은하게 빛나다가 이윽고 푸른빛이 점차 사라지는 것을 쳐다보았다.

　오래지 않아서 기개세의 몸에서 푸른빛이 완전히 사라졌다. 그런데 그의 몸은 조금 전의 목내이가 아니라 원래의 모습을 되찾은 상태다.

　스으으…….

　기개세의 몸이 작은 구름처럼 느릿하게 하강하더니 바닥에 살며시 눕혀졌다.

　"으으으……."

　그런데 패가수는 갑자기 너무 추워져서 온몸을 와들와들 떨어대기 시작했다.

　쩌저저쩍!

　그런데 그가 입을 벌리고 신음 소리를 내자 그의 입김이 닿은 공기가 그대로 얼음으로 변하는 것이 아닌가.

　"아흐흐으으……."

　짜자자— 쩌쩍!

　패가수의 입에서 나온 입김이 공기를 얼음으로 만드는 한편 그의 몸에 부옇게 흰 서리가 끼기 시작했다. 마치 함박눈을 뒤집어쓴 듯한 모습이다. 온몸이 급속히 얼어버리고 있는 것이다.

　그는 너무 추워서 정신을 잃기 직전이다. 아니, 이미 정신을 어느 정도 잃어버린 상태다.

[운공조식을 하게.]

그때 패가수의 머릿속에서 기개세의 심어가 울렸다.

패가수는 꺼져 가는 정신을 사력을 다해서 붙잡으며 운공조식을 하려고 애썼다.

패가수 정도의 초절고수는 운공조식을 하려고 굳이 앉아서 자세를 잡을 필요는 없다. 서서도 충분하다. 문제는 지금의 상황에서 정신이 따라주느냐는 것이다.

"으으으……"

이날까지 살아오면서 이런 극심한 고통을 느껴보기는 생전 처음이다.

'제발……'

그는 운공조식이 될 수 있도록 그 어느 때보다도 간절하게 빌었다.

第百六十一章

화경(化境)

대사부

'뭔가, 이런 기분은?'

운공조식을 끝낸 패가수는 내심 크게 놀랐다.

그의 몸과 정신이 뭐라고 표현할 수 없는 느낌으로 가득 차 있었다.

마치 높은 산꼭대기에서 흐르고 있는 한줄기 바람이 된 것처럼 더없이 상쾌하고 해맑은 느낌이다.

인간으로서 마땅히 지니고 있던 그 어떤 육신과 정신의 기분도 일체 느껴지지 않았다.

굳이 표현하자면 흡사 신선이 되면 이런 기분이 아닐까 하는 생각이 들었다.

[자넨 화경(化境)에 들었네.]

그때 기개세의 심어가 머릿속에서 울렸다.

'화경!'

패가수는 소스라치게 놀랐다. 화경은 다른 말로 출신입화지경(出神入化之境)이라고도 한다.

인간으로서 음(陰)과 양(陽)을 마음대로 이루고 다룰 수 있는 지경을 말한다.

"어… 떻게 이런 일이……."

그는 대경실색해서 중얼거렸다. 자신이 화경에 들었다는 사실이 도저히 믿어지지 않았으나 기개세가 거짓말을 할 리가 없다.

스으…….

그때 누워 있던 기개세가 잡아 일으킨 것처럼 상체가 일으켜져서 책상다리로 앉았다.

이곳에서 기개세의 육신이 스스로 움직이는 것을 처음 보는 패가수는 자못 긴장하여 조심스럽게 그의 앞에 마주 보고 앉았다.

기개세는 눈을 뜨고 깊으면서도 맑은 눈으로 패가수를 응시하며 심어를 보냈다.

[자넨 조금 전에 구정화 중에 환단정화(還丹精華)를 흡수했

네. 그 덕분에 화경을 이룰 수 있게 된 것이지.]

그는 엄청난 사실을 그저 담담하게 설명했다.

"구정화……."

패가수는 크게 놀라 눈을 휘둥그렇게 떴다. 삼라만상을 이루고 있는 아홉 개의 기운을 구정화라고 한다는 것을 그도 잘 알고 있다.

구정화는 자연과 만물, 우주를 이루는 기운이고 정화이지 사람이 지닐 수 있는 것이 아니다.

불가와 도가의 득도한 고승들이 그토록 단 한 움큼이라도 소유하고자 원하는 것은 구령성(九靈性)이다.

그것은 구정화보다 아래 단계로써 인간이 구할 수 있는 최상의 것이다.

그런데도 인간은 구령성 중에서 단 하나라도 소유하는 일이 불가능할 정도로 어려운 일이다.

하물며 구정화라고 하면 두말할 필요가 없다. 그것은 신의 영역인 것이다.

"이럴 수가……."

패가수는 자신이 구정화의 환단정화를 흡수했다는 사실이 좀처럼 믿어지지 않았다.

하지만 그는 조금 전에 이곳에서 벌어진 놀라운 일을 두 눈으로 똑똑히 목격했고 또 몸으로 체험했으니 믿지 않을 수도 없다.

그때 그는 어떤 생각이 번쩍 들었다. 기개세가 연공으로 환단정화를 흡수하고 있는데 자신이 본의 아니게 중간에서 그것을 흡수했으니 연공에 차질이 생긴 것은 아닌가 하는 것이다. 정말 그렇다면 패가수는 씻지 못할 실수를 저지른 것이다.

그는 자세를 고쳐 앉고 몹시 죄스러운 표정을 지었다.

"태문주, 내가 큰 잘못을 저지른 것 같소."

그의 생각을 읽은 기개세는 빙그레 미소를 지었다.

[상관없네. 내게 넘치고 남은 것을 자네가 흡수했을 뿐이니까 말일세.]

패가수는 기개세가 자신을 위로하느라 그런 말을 하는 것이라고 생각했으나 지금으로선 어쩔 도리가 없다. 그저 미안한 마음일 뿐이다.

하지만 실상 기개세의 말은 맞다. 기개세가 삼라만상에 떠 있는 환단정화를 모조리 흡수할 수는 없다. 그가 흡수한 것은 억만분의 일에도 지나지 않는다.

더구나 그를 그릇으로 비유한다면, 그릇에 차고 넘치는 것을 패가수가 조금 흡수한 것에 불과하다. 즉, 기개세에겐 아무런 피해도 없다는 뜻이다.

문득 패가수는 이상한 생각이 들었다. 이렇게 가까이 마주 앉아서까지 기개세가 심어를 사용하기 때문이다.

"그런데 태문주는 왜 말을 하지 않고 심어로 뜻을 전하는 것이오?"

그러자 기개세는 미소를 지은 채 입을 약간 벌려 보였다.

"아……."

패가수는 기개세 입속에 혀가 없는 것을 발견하고 크게 놀랐다가 곧 일그러진 표정을 지었다.

그는 그것이 남궁산의 짓이라는 것을 짐작할 수 있다. 그렇기 때문에 오늘날의 남궁산을 있게 만든 자신의 죄가 크다고 생각했다.

패가수가 남궁산에게 배신을 당하지 않았더라면 기개세가 이 꼴이 되지는 않았을 것이다.

아니, 애당초 남궁산이라는 위인하고 인연을 맺지 않았다면 화근을 키우지도 않았을 것이다.

"미안하오. 어떻게 용서를 빌어야 할지 모르겠소."

패가수는 무릎을 꿇고 기개세에게 고개를 깊이 숙이고서 진심으로 용서를 빌었다.

그러나 기개세는 빙그레 미소를 지었다.

[괜찮네. 어쨌든 그 덕분에 나는 이곳에서 연공을 하게 되지 않았는가?]

"하지만……."

[나는 이곳에서 자네에게 여러모로 신세를 지고 있네.]

패가수는 고개를 세차게 가로저었다. 죄를 지은 것으로도 모자라서 큰 은혜까지 입었는데 신세를 지고 있다니 천부당만부당한 말이다.

"아니오. 태문주가 아니었으면 나는 이미 죽은 목숨이오. 내가 살아 있기 때문에 태문주에게 미미한 보답이나마 할 수 있는 것이오."

또한 말로는 설명하기 어렵지만 그는 자신이 기개세를 만나서, 그리고 이곳에서 함께 지내는 동안 육체적으로나 정신적으로 새로 태어난 듯한 기분을 맛보고 있는 중이다.

그는 다시 고개를 조아렸다.

"내치지만 않는다면 계속 태문주 곁에 있고 싶소."

그가 누군가에게 진심으로 고개를 조아리고 복종의 뜻을 표하는 것은 생전 처음이다.

그는 조심스럽게 일어나서 나가려다가 또 한 가지 생각나는 것이 있어서 뒤돌아보며 물었다.

"그런데… 식사를 하지 않아도 괜찮소?"

기개세는 빙그레 미소 지었다.

[나도 사람인데 먹지 않고 어떻게 살겠나?]

패가수는 이해할 수 없다는 듯 고개를 갸웃거렸다.

"태문주가 식사하는 것을 본 적이 없는데……."

[밥이란 무엇인가?]

"그것은……."

느닷없는 물음에 패가수는 말문이 궁해졌다.

[삼라만상은 그 형태가 수억만 종류지만, 실상은 몇 가지 기운과 정화로 이루어진 것일세.]

패가수는 알 것도 같고 모를 것도 같은 표정을 지었다.

[사람도, 짐승도, 흙과 나무, 식물도 모두 그 기운과 정화가 조합돼서 모양을 만들고 특성을 이룬 것이지.]

패가수는 조금 이해가 가는 듯 고개를 끄덕였다.

[나는 연공을 하면서 그 기운과 정화를 흡수하기 때문에 구태여 따로 밥을 먹지 않아도 되는 이치일세.]

"아……."

달리 말하면, 곡식과 고기와 채소의 근본을 이루는 기운과 정화를 직접 흡수한다는 것이다.

물론 그것은 그가 흡수하는 수억만 가지 기운과 정화 중에서 극히 일부분에 지나지 않는다.

해와 달, 불과 물, 하늘과 땅, 천지간의 모든 기운과 정화를 흡수하고 있는 그가 한낱 밥을 먹지 않아서 굶어 죽을 일이 있겠는가.

"그렇군요."

패가수는 어린아이가 뭔가 신비한 비밀을 알아낸 듯한 벅찬 표정을 지었다.

철뇌옥에 감금된 지 사십 일이 되던 날에 기개세는 여섯 번째 단계로 접어들었다.

아홉 단계까지 다 끝나려면 얼마나 걸릴지 그 자신도 예측하지 못하고 있다.

하지만 연공을 멈추고 싶지는 않다. 욕심이 아니다. 지금으로선 부족함을 느끼기 때문이다.

육신이 불구인 것은 그로서도 어쩔 수가 없는 일이다. 그는 이미 인간의 오욕칠정과 감정 따위를 완전히 초월한 상태이기 때문에 육신이 구하고자 하는 것에는 일말의 흥미도 느끼지 못하고 있다.

다만 불구의 상태에서 활동을 제대로 할 수 있을까 하는 것이 마음에 걸리는 것이다.

세 번째 단계인 신단정화를 마쳤을 때 뽑혔던 두 눈이 새로 생긴 일은 기개세 자신도 놀랐다.

그러나 구정화를 다 끝마쳤을 때 육신이 새로 돋아나올 것이라는 보장이 없고 그 자신도 모르고 있다.

그저 구정화를 다 끝마쳐서 놀라운 능력이 생기면 천하를 바로잡아 천하 만민을 평화롭게 해주고 싶다는 마음만 간절할 뿐이다.

화경을 이룬 지 열흘이 지난 후까지도 패가수는 꿈을 꾸는 것 같은 기분을 떨쳐 내지 못했다.
 철뇌옥에 감금된 이후 그에게는 연이어서 더할 수 없는 행운이 찾아들고 있다.
 죽음의 문턱에서 기개세가 그의 목숨을 구했는가 하면, 무량육신공을 완성시켜 주더니 이제는 무공이 화경에 이르게까지 해주었다.
 무림이라는 곳에서 주먹질을 하고 칼을 들고 다니는 사람이라면 화경이 무엇인지 잘 알고 있다.
 단 하루만이라도 화경을 이룬 상태에서 살 수 있다면 아마 대부분 서슴없이 그렇게 할 것이다.
 패가수도 무인이라서 화경을 이룬 후 지난 열흘 동안은 자신의 뇌옥에 꼭 틀어박혀서 시간 가는 줄 모른 채 보내고 있었다.
 그가 열중해서 하고 있는 것은 화경을 이룬 후에 무엇이 달라졌는지 시험해 보는 일이다.
 그것은 마치 어린아이가 신기하고도 재미있는 놀이에 흠뻑 빠진 듯한 모습이다.
 몇 번 시험을 해본다고 될 일이 아니다. 왜냐하면 모든 것이 달라졌기 때문이다.

아주 작은 것에서부터 상상을 초월할 정도의 큰 것까지 모조리 변해 버렸다.

 예전에는 전개하지 못했던 꿈같은 초식들까지도 이제는 마음만 먹으면 펼칠 수 있게 됐다.

 스스스…….

 그는 철문을 굳게 닫고 뇌옥 한가운데 앉아서 사방을 향해 여러 가지 초식들을 양손이 보이지 않을 정도로 빠르게 전개하고 있었다.

 열흘 전, 그러니까 화경에 이르기 전보다 손놀림이 서너 배 이상 빨라졌다.

 후우…….

 파파아아…….

 그가 양손을 휘두르다가 주먹을 뻗거나 장을 뻗을 때마다 주먹과 손바닥에서 여러 가지 기운이 뿜어졌다가 찰나지간에 흔적도 없이 사라지곤 했다.

 형형색색의 기운이 뿜어지는가 하면, 어떨 때는 눈에 보이지 않는 투명한 기운이 발출되기도 한다.

 무공이 화경에 이르면 수많은 신기를 발휘할 수 있는데, 그 중에서도 괄목할 만한 것이 오행지기(五行之氣)를 마음대로 다루고 발출할 수 있다는 사실이다.

 오행지기, 즉 화목수토금은 천지간의 근간을 이루는 다섯 종류의 기운이다.

  그 기운들을 마음먹은 대로 발휘할 수 있다는 것은 입신의 경지에 들어섰다는 뜻이다.

  스읏……

  "대황군 전하!"

  패가수가 벽을 향해 막 일권을 뻗는 것과 동시에 철문이 왈칵 열리면서 철옥수의 다급한 외침이 들렸다.

  패가수가 무공삼매경에 빠져 있지 않았다면 철옥수가 철뇌옥으로 들어서기 전에 그가 들어설 것이라는 사실을 미리 감지했을 것이다.

  패가수는 여태까지 그랬던 것처럼 방금 발출한 오행지기 중에 화기강(火氣罡)을 반 장쯤 뿜었다가 다시 거두어들이려고 했다.

  그런데 난데없이 철옥수가 철문을 왈칵 열면서 큰 소리를 지르는 바람에 가볍게 놀라 화기강을 거두어들일 기회를 놓치고 말았다.

  후웅—!

  쾅!

  쩌르릉…….

  화기강이 전면의 철벽에 고스란히 적중되자 고막이 찢어질 듯한 폭음에 이어서 철뇌옥 전체가 붕괴할 듯이 거세게 진동했다.

 본의 아니게 소란을 피운 패가수는 씁쓸한 얼굴로 철옥수를 쳐다보았다.

 "무슨 일이냐?"

 철문을 반쯤 열고 밖에 서 있는 철옥수는 방금 목격한 광경 때문에 완전히 넋이 나간 얼굴로 패가수의 전면 철벽을 쳐다보고 있었다.

 패가수는 철옥수의 시선을 쫓아서 철벽을 보다가 가볍게 눈살을 찌푸렸다.

 한 자 두께의 철벽이 반 자 깊이로 움푹 파여져 있었기 때문이다.

 그는 삼 할 정도의 공력으로 시험을 하고 있었는데, 만약 조금만 더 공력을 증가했으면 철벽이 고스란히 관통됐을 것이 분명했다.

 그나저나 뇌옥 철벽을 저 지경으로 만들어놨으니 잘한 일은 아니다.

 "대… 황군 전하."

 그때 철옥수가 몹시 당황해서 입을 열었다. 철벽을 손상시킨 것에 놀라는 것치고는 정도가 심했다.

 "그… 그가 내려오고 있다는 전갈입니다."

 "……!"

순간 패가수는 몸과 마음이 동시에 경직됐다. 철옥수가 말하는 '그'가 남궁산이라는 것을 직감했기 때문이다.

"그놈이냐?"

그래서 확인하려고 묻는다는 것이 '그놈'이라는 말이 자신도 모르게 튀어나갔다. 그만큼 원한이 깊다는 뜻이다.

"그런데 저기……."

철옥수가 철벽에 움푹 들어간 부위를 가리키면서 난감한 표정을 지었다.

패가수는 철벽을 힐끗 쳐다보았다. 움푹 파여진 부분이 너무 눈에 띄었다.

그곳에 손바닥을 밀착시키고 흡자결을 일으키면 원상 복구시킬 수 있을 듯했다.

하지만 그러려면 시간이 일다경쯤 소요되는데 지금은 그럴 여유가 없다.

문득 패가수는 또 하나의 일이 걱정됐다. 기개세가 눈을 되찾은 것과 혈색이 매우 좋아진 것이 문제다.

그는 그 상태로 자신의 뇌옥에 누워 있는 중이다. 만약 남궁산이 그것을 보게 되면 큰일이다.

또 한 가지, 패가수 자신이 무공을 회복한 것과 현재 몹시 원기왕성한 모습인 것도 들켜서는 안 된다.

그때 철뇌옥 입구를 살피던 철옥수가 황급히 패가수 뇌옥의 철문을 닫고 철뇌옥 입구 쪽으로 달려갔다. 시간적으로 남궁산이 들이닥칠 때가 됐다고 예상한 것이다.

통로를 쳐다보며 잠시 생각하던 패가수는 굳은 표정으로 지그시 어금니를 악물었다.

지금으로선 달리 방법이 없다. 걱정하는 일이 벌어지지 않도록 최선을 다하는 것뿐이다.

그런데도 만약 일이 잘못된다면 할 수 없이 한바탕 싸우는 수밖에 없다.

'그게 아니다.'

패가수는 곧 생각을 바꿨다. 남궁산은 패가수가 무공이 폐지된 것으로 알고 있기 때문에 지난번처럼 조금도 경계를 하지 않고 가까이 접근할지도 모른다.

그때 회심의 일격을 가하면 놈을 죽이거나 치명상을 안길 수 있다.

놈은 필시 항세검을 몸에 지니고 다닐 테니까, 놈을 제압한 후에 그것을 뺏는다면 울전대가 함께 왔더라도 꼼짝하지 못할 것이다.

'좋아, 해보자!'

패가수는 오히려 화가 복이 될 수 있을지 모른다는 기대를 품었다.

그는 즉시 일어나서 철벽이 움푹 들어간 곳으로 가서 그곳을 등으로 가리고 앉았다.

 그렇게 하니까 누가 보더라도 벽에 기대어 앉아 있는 것으로 생각할 것이다.

 철컹!

 그때 철뇌옥의 입구가 열리는 소리가 들렸다.

 패가수는 본능적으로 원한이 끓어오르는 것을 애써 누르면서 마치 몸에 한 올의 힘도 없는 사람처럼 기진맥진한 모습으로 벽에 기대어 다리를 쭉 뻗으며 몸을 늘어뜨렸다.

 현재로선 기개세를 염려할 겨를이 없다. 남궁산이 패가수의 뇌옥에 먼저 들어와 주기를 바랄 뿐이다.

 그럼 일격으로 요절을 낼 것이고, 그것이 성공하면 기개세는 염려하지 않아도 될 터이다. 그러므로 기필코 남궁산을 제압해야만 한다.

 저벅저벅.

 통로를 울리는 한 사람의 발자국 소리가 들렸다. 필경 남궁산일 것이다.

 그러나 패가수의 얼굴이 곧 흐려졌다. 남궁산의 앞과 뒤에서 여러 명의 고수가 호위하고 있는 것을 감지했기 때문이다. 그들은 필경 울황고수일 것이다.

 지난번처럼 남궁산이 혼자 오기를 원했으나 이번에는 그러지 않았다. 운이 따라주지 않는 것 같아서 문득 불길한 예감이 들었다.

철뇌옥에는 시체나 다름이 없는 기개세와 패가수 둘뿐인데 어째서 울황고수들의 호위를 받는 것인지 모를 일이다. 지금 생각하면 패가수는 남궁산의 성격을 거의 모르고 있다. 의뭉스러운 놈이다.

어쨌든 무슨 일이 있어도 일격에 남궁산을 요절내 버리면 될 일이라고 생각한 패가수는 고개를 푹 숙이고 힘없는 자세로 잠든 체했다. 그래야 남궁산이 뇌옥 안으로 들어올 것 같아서다.

뚝.

이윽고 패가수의 뇌옥 앞에서 발자국 소리가 멈췄다. 그리고는 잠시 침묵이 흘렀다.

패가수는 남궁산의 숨소리로 그가 심적으로 매우 복잡한 상태라는 것을 감지했다.

하지만 그가 어째서 뇌옥 안으로 들어오지 않고 또 침묵을 지키고 있는 것까지는 알 수 없었다.

남궁산은 필경 철문의 좁은 쇠창살 틈으로 안을 들여다보고 있을 것이다.

그런데 술 냄새가 진동했다. 호위하는 울황고수나 철옥수가 술을 마셨을 리 없다. 그렇다면 남궁산이 술 냄새를 풍기고 있다는 것이다.

패가수는 잠든 것처럼 꼼짝도 하지 않았다. 만약 남궁산이 이대로 기개세의 뇌옥으로 가서 그의 모습을 보면 안 된다는 생각이 들었다.

그래서 어떻게든 남궁산을 뇌옥 안으로 끌어들여야겠다는 생각에 막 잠에서 깬 건처럼 부스스 고개를 들었다. 그와 눈이 마주치면 무슨 수가 생길 것이라 여긴 것이다.

저벅저벅.

그런데 그가 고개를 드는 것과 남궁산이 기개세의 뇌옥을 향해서 걸음을 옮기는 것이 동시에 일어났다.

'아차!'

남궁산의 모습은 이미 보이지 않았다. 그렇다고 그를 부를 수도 없는 노릇이다.

패가수가 어떻게 할지 결정하지 못하고 있을 때 남궁산의 발자국 소리가 멈췄다.

패가수는 조마조마했다. 남궁산은 기개세가 눈을 되찾고 멀쩡한 것을 이미 발견했을 것이다.

그래서 패가수는 남궁산이 무슨 조치를 취하기 전에 자신이 먼저 손을 써야겠다고 판단했다.

스으……

순간 패가수는 추호의 기척도 없이 철문을 향해 미끄러져 갔다. 철문이 닫혀 있는 것이 문제다.

철문을 부수는 순간 남궁산과 울황고수들이 반격할 태세를 갖출 것이다.

하지만 지금으로선 선택의 여지가 없다. 어떤 희생을 치르더라도 기개세를 구해야만 한다는 일념뿐이다.

저벅저벅.

패가수가 철문을 향해 막 일장을 발출하려는 순간 느닷없이 밖에서 발자국 소리가 다시 들렸다.

남궁산이 기개세의 뇌옥 앞을 떠나 다시 이쪽으로 돌아오는 발자국 소리다.

움찔 놀란 패가수는 앞뒤 생각할 겨를도 없이 쏜살같이 다시 제자리로 돌아와 조금 전과 똑같은 자세를 취했다. 다만 고개를 들고 철문의 쇠창살을 쳐다보았다.

그러면서 이번이라도 남궁산이 뇌옥 안으로 들어오면 일격을 가하려고 만반의 준비를 갖추었다.

저벅저벅.

그런데 어찌 된 일인지 발자국 소리는 멈추지 않고 점차 철뇌옥 입구 쪽으로 멀어져 갔다.

철컹!

그리고는 철뇌옥 입구가 닫히는 소리가 들렸다.

패가수는 긴장을 풀지 않은 채 그대로 앉아서 고개를 들고는 남궁산이 어째서 아무 말도, 아무 짓도 하지 않고 돌아간 것인지를 곰곰이 생각했다.
 하지만 답은 나오지 않았다.

 철옥수가 오자마자 패가수는 철문부터 열라고 하고는 다급히 기개세의 뇌옥으로 달려갔다.
 그의 뇌옥으로 들어서던 패가수는 기개세를 발견하고 멈칫 걸음을 멈추었다.
 기개세의 모습이 완전히 변해 버렸기 때문이다. 처음에 봤을 때처럼 두 눈이 뽑혀서 퀭하고 온몸은 몹시 깡마르고 볼품이 없었다.
 누가 봐도 처음에 이곳에 방치해 놓은 후 사십여 일이 지난 상태의 모습이 분명하다.
 패가수는 놀라움을 금치 못했으나 곧 빙그레 미소를 지었다. 그것이 기개세의 솜씨라고 생각했기 때문이다.

              *   *   *

 거처로 돌아온 남궁산은 탁자 앞에 앉아서 다시 술병부터 집어 들었다.
 그는 요즘 들어서 술이 많이 늘었다. 술을 마실 수밖에 없는 일들이 계속 생겼기 때문이다.

말 그대로 앞문에는 호랑이가 있고 뒷문에서는 늑대가 쳐들어오는 형국이다.

그가 추진하고 있던 일, 즉 예전 고위 관리들을 다시 중용해서 자신의 편으로 만들려고 했던 계획이 말짱 수포로 돌아가 버리고 말았다.

들리는 말에 의하면 이반이 손을 써서 그들 삼십 명을 모조리 자신의 편으로 회유했다고 한다.

그들 삼십 명은 울제국 최고 요직에 있는 자들이다. 그 말은 곧 그들이 전체 관리나 울군사, 울고수들에게 미치는 영향이 지대하다는 뜻이다.

이반은 그렇지 않아도 울제국의 실권을 두루 지니고 있는데, 거기에 고위 관리들까지 장악해 버렸으니 남궁산으로서는 이제 방법이 없다.

그는 울전대의 호위 밖으로는 절대 나가지 않고 자금성 밖으로도 나가지 않는다.

이반이 호시탐탐 자신의 목숨을 노리고 있다는 사실을 잘 알기 때문이다.

그런 상황에서 그가 할 수 있는 일이라고는 지극히 제한적일 수밖에 없는 것이다.

"우라질……."

계속해서 술잔을 비우고 있는 남궁산의 입에서 저절로 욕설이 흘러나왔다.

이반이 앞문을 가로막고 있는 호랑이라면, 뒷문에서 밀고 들어오고 있는 것은 천검신문이다.

남궁산이 부릴 수 있는 것은 오로지 울전대뿐이다. 주위에 오십여 명의 남궁세가 사람들이 있으나 그들은 마음대로 자금성 밖으로 출입할 수 있는 처지가 못 된다.

나갔다가는 이반의 촉수에 걸려서 두 번 다시 자금성으로 돌아오지 못할 것이다.

또한 울전대는 전투가 주된 임무지 정보 수집 같은 것에는 매우 취약하다.

그렇기 때문에 남궁산이 울전대를 통해서 접할 수 있는 정보라는 것은 머리와 팔다리, 몸통까지 떼어낸 꼬리 정도에 불과하다.

그런 정보에 의하면, 현재 천검신문의 어마어마한 수의 고수들이 대명국을 떠나 일로 북경을 향해서 진격해 오고 있다는 것이다.

천검신문의 갑작스러운 그런 행보가 무엇 때문인지는 너무도 뻔한 일이다.

남궁산은 눈앞에 놓인 울제국 황제 자리에만 침을 흘리고 있었을 뿐이다.

자신의 감정이 이끄는 대로 한 행동, 즉 천검신문 태문주를 목불인견의 불구로 만들어서 처참한 모습을 자금성 성루에 효시한 후에 어떤 결과가 벌어질지에 대해서는 전혀 예상하지 못했다.

그 당시에는 그저 복수심에 눈이 멀어서 닥치는 대로 행동을 했다.

지금 생각하면 그가 천검신문 태문주에게 한 짓은 정말이지 어리석기 짝이 없는 일이었다.

차라리 그를 죽이더라도 그 일이 자금성 밖으로 새어나가지 않게 했어야 옳았다.

왜 그것을 만천하에 공개하고 의기양양해했는지 후회막급한 일이지만 어차피 벌어진 일이다.

"아냐. 그랬더라도 이반 그 자식이 가만히 있지 않았을 것이다. 그 자식은 무슨 짓이라도 할 놈이야."

남궁산은 신경질적으로 고개를 세차게 가로저었다.

그는 울전대를 장악하고 있을 뿐이다. 울전대가 천하무적이라고는 해도 천하 그 자체는 아니다.

또한 그는 울전대와 함께 자금성만을 장악하고 있다. 아니, 울전대를 자신의 호위에 대거 포진시켰기 때문에 거대한 자금성 전체를 속속들이 장악하고 있지는 못하는 형편이다.

그는 항세검을 지니고 또 울전대만을 거느린 자금성의 허수아비 주인이나 다름이 없다.

아직 울제국 황제에 즉위하지도 못했으며, 그렇다고 무슨 뾰족한 방법이 있는 것도 아니다.

사방을 둘러봐도 꽉 막혔다. 아무리 생각해 봐도 돌파구가 없다. 더구나 이런 상황이 결코 오래갈 리가 없다.

머지않아서 이반에게 당하든 아니면 북경성으로 들이닥친 천검신문에게 당하고 말 것이다.

그가 조금 전에 철뇌옥에 내려가 본 것은 딱히 뚜렷한 목적이 있기 때문이 아니었다.

술을 마시면서 현재 자신이 처한 상황에 대해서 이것저것 생각하다가 문득 패가수가 생각났던 것이다.

그는 만약 자신이 패가수를 배신하지 않았으면 어땠을까 하는 생각도 해보았다.

그랬더니 자신의 배신 행각이 후회스러웠다. 패가수를 배신하지 않았으면 지금 같은 이런 막바지 상황에 몰려서 허덕거리지는 않을 것이다.

물론 패가수가 다나와 함께 은거를 해버리면 남궁산은 닭 쫓던 개 꼴이 되고 만다.

그렇더라도 지금보다는 나을 것이다. 최소한 지금처럼 노심초사하지 않고 뱃속은 편하지 않았겠는가. 그는 그 정도로 지금의 상황을 좋지 않게 보고 있다.

소인배는 목숨을 아까워한다. 남궁산은 이반이나 패가수

의 발뒤꿈치에도 미치지 못하는 소인배다.

 소인배의 생각은 소인배의 범주를 벗어나지 못하므로 한계가 있는 법이다.

 조금 전에 그는 문득 패가수가 생각나서 그를 보러 철뇌옥으로 내려갔었다.

 그런데 그의 참담한 몰골을 보니까 알 수 없는 착잡한 기분에 사로잡혀서 급히 되돌아오고 말았다.

 "이대로는 포기하지 않는다."

 남궁산은 입에서 술을 질질 흘리면서 짐짓 사나운 얼굴로 으르렁거리듯이 중얼거렸다.

 그는 울전대가 전적으로, 그리고 충심으로 자신을 따르는 것이 아니라는 사실을 이미 실감하고 있었다.

 그래서 그는 이 기회에 울전대의 체질을 확 바꿔놓을 계획을 짰다.

 울전대의 최고 우두머리인 울황태신을 허수아비로 놔둔 채 울전대를 조각조각 분해해서 전혀 다른 조직, 새로운 우두머리들을 세우려는 계획이다.

 그 계획이 성공하면, 최소한 울전대만큼은 완벽한 그의 소유가 될 수 있다.

 그때 문득 그는 가볍게 눈을 빛냈다. 왜 불현듯 그 여자가 생각난 것인지 몰랐다.

"다나······."

패가수의 여자인 다나의 모습이 갑자기 눈앞에 생생하게 떠오른 것이다.

아마도 조금 전에 패가수를 보고 왔으며, 또 그를 배신한 일에 대해서 고심하고 있는 터라서 조건반사적으로 다나가 생각난 듯하다.

속이 꼬인 사람은 현실을 인정하려고 들지 않는다. 지금처럼 상황이 뒤틀렸을 때에는 더욱 그렇다.

第百六十二章

악함의 끝은 없다

대사부

다나는 자금성 내에서 벌어졌고 또 벌어지고 있는 현재의 상황에 대해서 아무것도 모르고 있다.
 그녀의 기억은 남궁산이 패가수를 배신해서 무공이 폐지되어 철뇌옥에 갇혔으며, 이반이 자신을 이곳에 감금했다는 사실에서 정지되어 있는 상태다.
 달라진 것이 있다면, 전에는 황궁시위대 고수들이 그녀를 감시했는데 지금은 전혀 다른 모습의 인물 다섯 명이 그녀를 감시하고 있다는 사실이다.
 물론 그 인물들이 울황고수라는 사실을 그녀는 모르고 있다. 울황고수를 본 적이 없기 때문이다.

이곳이 뇌옥은 아니지만 그녀는 뇌옥이나 다름이 없는 생활을 하고 있었다.

예전에 그녀를 시중들었던 시녀 한 명이 곁에 있을 뿐, 방에서 한 발자국도 나갈 수가 없다.

그녀는 패가수하고 같은 생각을 하고 있다. 그녀 자신이야 어떻게 되더라도 패가수만 무사했으면 좋겠다는 간절한 심정이 그것이다.

그녀는 책을 읽고 그림을 그리며 또 십자수를 하거나 하는 여성적인 취향을 갖고 있지만, 이곳에 감금된 후로는 그림 한 장을 그린 이후로 아무것도 하지 않았다.

오로지 넋을 잃은 얼굴로 하루 종일 패가수에 대한 생각만 하고 있었다.

그녀가 그린 단 한 장의 그림은 패가수의 모습이다. 그것을 벽에 붙여놓고 하염없이 바라보면서 그를 그리워하는 것이 일과의 거의 전부라고 해도 과언이 아니다.

"형수님."

지금도 그녀는 탁자에 앉아서 패가수의 그림을 바라보며 그를 걱정하고 있는 중이다. 그런데 갑자기 그녀의 뒤에서 나직한 목소리가 들렸다.

그녀는 아직 상념에서 깨어나지 못한 상태라서 무심코 돌아보다가 목소리의 주인을 발견하고는 안색이 새파랗게 질려 버렸다.

"앗!"

언제 들어왔는지 그녀 뒤에 남궁산이 서서 물끄러미 그녀를 바라보고 있지 않은가.

털썩!

"아아……."

남궁산이 그녀에게 무슨 짓을 한 것도 아닌데, 그녀는 지레 공포에 질려서 몸을 떨다가 의자와 함께 바닥에 볼썽사납게 나뒹굴었다.

그 바람에 치마가 걷어 올라지면서 미끈하고 뽀얀 허벅지가 드러났지만 그녀는 그 사실을 깨닫지 못했다.

순간 남궁산의 눈길이 재빠르게 그녀의 다리를 훑다가 허벅지 안쪽 치마에 가려진 부위에서 멈추었다.

그리고 일순간이지만 남궁산의 눈에 슬쩍 욕정의 기색이 떠올랐다가 사라졌다.

"일어나십시오, 형수님."

그는 허리를 굽히며 다나를 향해 손을 내밀면서 정중한 자세를 취했다.

"아아……."

그러나 다나는 그의 손을 잡기는커녕 더욱 공포에 질린 얼굴로 앉은 채 두 발과 두 손을 이용해서 뒤로 물러나기에 바빴다.

그 바람에 그녀의 치마가 더 걷어 올라가서 속곳이 여실히 드러났다.

그것을 놓칠 리 없는 남궁산이다. 그의 시선은 날카로운 비수처럼 다나의 속곳으로 파고들었다.

그제야 남궁산의 눈길을 깨달은 다나는 안색이 새하얗게 질려서 급히 하체를 오므리고 치마를 내렸다.

그렇지만 남궁산을 보는 순간 다리에 힘이 빠져서 일어날 엄두를 내지 못했다.

남궁산은 내민 손을 거두면서 짐짓 씁쓸한 표정을 지었다.

"저는 형수님이 염려돼서 찾아왔을 뿐입니다. 다른 오해는 말아주십시오."

그는 다나가 외부 사정에 대해서는 전혀 모르고 있을 것이라고 짐작했다.

"형님께선 비록 철뇌옥에 계시지만 편안하게 잘 지내고 계십니다."

남궁산은 다나의 얼굴에 기대의 표정이 뚜렷하게 떠오르는 것을 놓치지 않았다. 그는 자신의 거짓말이 먹히고 있다고 생각했다.

"원래 철뇌옥은 며칠 만에 멀쩡한 사람을 죽게 만들 정도로 잔인한 곳이지만, 제가 철뇌옥의 철옥수들에게 뇌물을 써서 형님을 잘 보살펴 달라고 부탁을 했기 때문에 형님께선 편안하게 잘 계십니다."

오로지 패가수 걱정으로 날밤을 새우는 다나이기에 귀가 솔깃할 수밖에 없다.

그녀는 조심스럽게 일어나 남궁산에게서 멀찍이 떨어져 마주 섰다. 그렇다고 해도 아직 적의나 경계심이 풀어진 것은 아니다.

남궁산은 조금 전의 음심은 전혀 내색하지 않고 아주 선량한 표정을 지었다.

"원래 이반은 모든 사실을 알고 있었습니다."

다나는 입술을 오므릴 뿐 아무것도 묻지 않았다.

남궁산은 몹시 억울하다는 표정을 지었다.

"그때 제가 형님을 배신한 것 말입니다. 어떤 경로로 알게 됐는지 이반은 형님께서 형수님과 도피하려는 것과 항세검을 갖고 있는 사실을 이미 훤히 알고 있었습니다."

"설마……."

아무 말도 하지 않으려던 다나의 입에서 자신도 모르게 탄식 같은 중얼거림이 흘러나왔다. 상상조차 하지 못했던 사실이기 때문이다.

"그래서 저라도 무사해야지만 나중에 형님께 도움이 될 수 있겠다 싶어서 배신한 척했던 겁니다."

악함의 끝은 없다 97

다나는 놀라는 듯, 그리고 뜻밖이라는 표정으로 남궁산을 바라보았다.

믿어지지 않았다. 그녀의 머릿속에는 그날 이반 앞에서 남궁산이 행했던 비열하고도 냉혹한 배신이 너무도 생생하게 각인되어 있기 때문이다.

다나의 속을 훤히 꿰뚫어 보고 있는 남궁산은 조금 더 밀어붙여야 한다고 생각했다.

"그동안 저는 철뇌옥에 내려가서 여러 차례 패가수 형님을 만나 대화를 나누었습니다. 형님께선 자나 깨나 형수님 걱정만 하고 계십니다."

반신반의하면서도 패가수가 자나 깨나 자신만 걱정한다는 말에 다나는 금세 눈물이 고였다.

"그래서 형님께선 제게 형수님을 잘 돌봐드리라고 부탁하셨습니다."

"정… 말인가요?"

남궁산은 더없이 진지한 표정을 지었다.

"지금 제가 형수님께 거짓말을 하는 것이라면 당장 벼락을 맞아서 죽을 것입니다."

다나는 잠시 생각해 보았다. 만약 남궁산의 말이 사실이라면 이것은 매우 잘된 일이다.

패가수가 철뇌옥이라는 곳에 혼자 갇힌 채 고통에 몸부림치는 것보다 남궁산이 철옥수를 매수하여 수시로 그곳에 드나들면서 여러 가지 도움을 주고 있다는 사실이 무엇보다도 위로가 됐다.

또한 패가수의 소식을 알게 되어 꽉 막혔던 숨통이 트이는 것 같았다.

사람이란 처해진 상황을 자신이 원하는 방향으로 생각하는 경향이 있다.

특히 다나처럼 각박한 상황에 처하고, 또 성품이 여린 사람인 경우에는 그 도가 더한 법이다.

"형수님께서 형님께 서찰을 하나 써주시면 제가 반드시 전해 드리겠습니다."

"정말… 그럴 수 있나요?"

"어렵지만 제가 목숨을 걸고서라도 해보겠습니다."

남궁산은 비장한 표정으로 주먹을 불끈 쥐어 보였다.

그는 모든 일이 잘 풀리지 않아 답답하던 차에 우연히 다나를 생각해 내고 이곳에 찾아왔다.

그런데 시간이 지날수록 점차 짙은 흥미가 생겼다. 그래서 이젠 어떻게 해서라도 다나를 정복해 보겠다는 흑심까지 품게 되었다.

다나는 지필묵을 가져와서 열심히 서찰을 쓰기 시작했다.

생각해 보면 남궁산이야말로 진정한 의인이고 신의를 지

키는 사람이 분명한 것 같았다.

만약 그가 없었다면 패가수는 철뇌옥 안에서 고생을 하다가 죽었을지도 모른다.

그리고 이렇게 패가수가 건강하다는 소식을 전해주는 일도, 다나의 서찰을 그에게 전해주는 일 따윈 꿈도 꾸지 못했을 것이다.

남궁산은 서찰을 쓰고 있는 다나 옆에 앉았다가 잠시 후에는 그녀 곁에 바짝 다가앉았다.

서찰 쓰기에 열중하고 있는 그녀는 그런 사실을 전혀 모르고 있다.

자신의 마음과 패가수를 염려하는 걱정을 서찰에 옮겨 쓰느라 눈물이 방울방울 떨어져서 서찰을 적시며 글씨가 번지는 데에도 그녀는 알지 못했다.

남궁산은 다나에게서 그윽한 향기가 나는 것을 느꼈다. 가슴을 잔잔하게 흔드는 향기다.

그는 그녀에게 어깨를 붙이듯 하면서 아주 가까운 곳에서 그녀의 옆얼굴을 조목조목 뜯어보다가 길고 흰 우아한 목덜미를 쳐다보았다.

꿀꺽.

그러는 동안에 그는 자신도 모르게 마른침을 삼켰다. 그리고 그 소리에 움찔 가볍게 놀랐다.

그런데 사타구니가 금방이라도 터질 것처럼 묵직하고 단단해진 것이 느껴졌다.

놀랍게도 그것은 욕정이다. 오래전, 남궁세가가 멸문하던 날 정혼녀와 함께 북경성으로 도망을 쳐왔고, 그 이후 낙양성으로 간 이후 다시는 그녀와 만나지 못했다.

즉, 그날 이후 그는 여자와 몸을 섞은 적이 없었다. 그럴만한 상황이 아니었다.

또한 그는 근본적으로 호색한이 아니기 때문에 아름다운 여자들을 봐도 데면데면했다.

그런데 지금 다나에게서 아주 강렬한 욕정을 느끼고 있는 것이다.

그것도 찢어 죽일 이반의 부인이면서 배신한 패가수의 연인에게서 말이다.

그는 자신도 모르게 얼굴을 다나의 목덜미로 가깝게 가져가면서 손을 뻗어 그녀의 허벅지에 가만히 얹었다.

그런데도 그녀는 서찰 쓰기에 골몰한 상태라서 느끼지 못하고 있는 듯했다.

슥…….

그러자 대담해진 남궁산의 손이 민첩하게 다나의 치마를 걷어 올리고 나서 허벅지 맨살을 만졌다.

"무… 무슨……."

순간 다나는 눈을 동그랗게 뜨고 남궁산을 쳐다보았다. 그녀의 얼굴에는 경악인지 불신인지 모를 기묘한 표정이 떠올라 있었다.

남궁산은 마음만 먹으면 지금 당장에라도 다나를 정복하고 욕심을 채울 수가 있다.

하지만 그는 즉시 그녀에게서 손을 떼고 일어서며 몹시 당황한 표정을 지었다.

"아, 저도 모르게 결례를 범했습니다. 요, 용서하십시오, 형수님."

그가 너무 당황하면서 용서를 빌자 다나는 그가 정말 엉겁결에 결례를 범했다고 생각했다.

그래, 남자란 그럴 수 있는 거야. 그렇게 또다시 상황을 좋은 쪽으로 해석했다.

그녀는 어떻게 해서든 이 서찰을 패가수에게 전하고 싶었다. 그러기 위해서는 남궁산의 도움이 절실했다. 지금 그녀에겐 남궁산이 유일한 희망이었다.

남궁산은 다나가 다시 서찰을 쓰는 모습을 보면서 비릿한 미소를 머금었다.

그렇지 않아도 짜증나는 일투성인데 앞으로 그녀를 야금야금 파먹어야겠다는 생각을 했다.

오늘 남궁산에겐 좋은 소일거리가 하나 생겼다.

"크크크……."

남궁산은 소리를 죽여서 어깨를 들썩이며 웃었다. 웃음을 참기가 힘들었다.

그의 손에는 다나가 눈물을 흘리면서 쓴 서찰, 아니, 그녀의 영혼이 쥐어져 있다. 지금 그는 그 서찰을 보면서 키득거리고 있는 것이다.

아름다운 영혼도 깨끗하고 투명한 수정으로 보면 제대로 보이지만, 일그러진 동경(銅鏡:거울)에 비춰보면 보기 싫게 일그러진다.

지금 남궁산은 일그러진 마음으로 서찰을 읽기 때문에 내용이 너무 웃겨서 견딜 수가 없는 것이다.

"푸핫핫핫핫!"

마침내 그는 더 이상 참을 수가 없어서 고개를 뒤로 젖히고 파안대소를 터뜨렸다.

웃음을 그치고 난 그는 서찰을 구겨서 바닥에 집어던지며 씹어뱉듯이 중얼거렸다.

"미친 년!"

* * *

자정이 훨씬 넘은 늦은 밤의 동풍장.

"아!"

"앗!"

아미와 독고비는 동시에 낮은 비명을 지르면서 잠에서 깨어 벌떡 상체를 일으켰다.

나란히 자고 있던 두 여자는 어떤 꿈을 꾸었는데, 희한하게도 동시에 소스라치게 놀라서 깨어서 일어난 것이다.

"하아… 하아……."

"헉헉헉."

두 여자는 머리카락까지 땀에 흠뻑 젖어서 놀란 표정으로 서로를 마주 쳐다보았다.

그녀들은 둘 다 천족이므로 단지 쳐다보는 것만으로도 서로의 생각을 읽었다.

"저, 정말이에요?"

"그럼 비매도?"

순간 두 여자의 얼굴이 환하게 밝아졌다.

"꺄아… 읍!"

독고비가 두 손으로 만세를 부르면서 환호성을 지르려는 것을 아미가 다급히 입을 막았다.

손을 떼자 독고비는 혀를 날름 내밀며 웃었다.

"헤헤, 너무 좋아서 그만."

두 여자는 방금 자신들이 똑같은 꿈을, 아니, 똑같은 경험을 했다는 사실을 영감을 통해서 알게 되었다.
아까 그녀들은 잠을 자려고 잠자리에 들었다. 그런데 언제나 그랬던 것처럼 잠이 오지 않고 기개세에 대한 걱정과 그리움 때문에 정신이 너무도 또렷해서 말똥말똥 눈을 뜨고 있었다.
그러다가 어느 순간에 두 여자는 희한하게 똑같이 잠이 들었고, 꿈을 꾸었다.
꿈속에서 그녀들은 기개세를 만났는데, 예전의 믿음직스럽고 헌앙한 모습이었다.
그는 부드러운 미소를 지으면서 자신은 탈 없이 잘 지내고 또 조만간 만날 수 있으니까 밥 잘 먹고 건강하게 있으라고 그녀들을 안심시켰다.
그리고는 그가 작별을 고하면서 모습이 흐릿해지자 두 여자는 화들짝 놀라서 비명을 지르며 잠이 깼던 것이다.
이후 그녀들은 자신들이 똑같은 꿈을 꾸었다는 사실과 그것이 꿈이 아니었다는 사실을 깨달았다.
기개세가 그녀들에게 보낸 영감(靈感)이 마치 꿈처럼 나타났던 것이다.
"대가께서 무사하시대요."
"그래요. 곧 돌아오신다고 하셨어요."
두 여자는 기쁨의 눈물을 흘리면서 서로를 꼭 끌어안았다.

＊　　　＊　　　＊

 산추루의 보고를 들은 패가수는 크게 놀랐다.
 방금 산추루에게 들은 보고 내용은 남궁산이 다나에게 수작을 걸고 있다는 것이다.
 산추루는 다나를 구해내기 위해서 거의 매일 다나가 머물고 있는 거처 주변을 맴돌고 있는 중이다.
 하지만 그녀를 감시하는 다섯 명의 울황고수 때문에 그녀 주위에는 얼씬도 못하고 있는 형편이다.
 그나마 한 가지 다행스러운 일은 다나를 시중들고 있는 시녀를 포섭했다는 사실이다.
 시녀는 오래전부터 다나를 모셨기 때문에 현재 그녀의 사정이나 심경에 대해서 누구보다 잘 알고 있다. 그리고 또 그녀를 매우 염려하고 있다.
 남궁산이 다나에게 수작을 부리고 있다는 사실도 시녀를 통해서 알게 된 것이다.
 패가수는 마음이 더없이 조급해졌다. 현재의 그가 중요하게 여기는 것은 단 두 가지다. 기개세와 다나 두 사람에 관한 것이다.
 당장에라도 달려가고 싶지만 사정이 여의치가 않다. 기개세를 혼자 내버려 두고 갈 수도 없을뿐더러, 무슨 방법으로 다나를 구해낼지가 막막하다.

구해내는 것은 고사하고 남궁산의 수작을 멈추게 할 만한 방법조차도 없는 실정이다.

아니, 철뇌옥에서 나가는 그 순간부터 목숨을 내놓아야만 할 것이다.

자금성에 패가수의 수하 백 명이 있지만 울전대를 상대로 그들은 아무 힘도 되지 못한다.

패가수는 벌떡 일어나서 돌처럼 굳은 얼굴로 뇌옥 안을 서성거렸다.

아무리 머리를 쥐어짜도 다나에게 도움이 될 만한 방법이 생각나지 않았다.

아니, 아예 처음부터 그런 방법 자체가 없기 때문에 생각나지 않는 것일 게다.

패가수는 얼마 전에 산추루가 다나의 시녀를 포섭했다는 말을 듣고는 시녀를 통해서 자신의 서찰을 다나에게 전할까 하는 생각도 해봤다.

그러나 역시 하지 않는 것이 좋다는 결론을 내렸다. 다나는 한 점 티 없이 순수한 여자이기 때문에 마음에서 일어나는 희로애락을 전혀 감추지 못한다.

다시 말해서 패가수에게서 서찰을 받았다는 사실도 감추

지 못할 것이라는 뜻이다.

 그러므로 그녀의 그런 모습이 시녀 외에 누군가의 눈에 띄면 패가수와 그녀가 서로 연락을 취하고 있다는 사실이 발각되는 것은 시간문제다.

 결국 한참이나 뇌옥 안을 서성거렸으나 패가수는 걱정만 더 깊어졌을 뿐 어떤 방법도 생각해 내지 못했다.

 "대황군님."

 그때 무릎을 꿇고 있는 산추루가 무척 조심스럽게 고개를 들고 패가수를 올려다보았다.

 "외람된 말씀이오나… 어째서 철뇌옥에서 나가지 않으십니까? 지금이라도 대황군께서 이곳에서 나가셔서 소저를 구하시면 되지 않겠습니까?"

 패가수와 기개세의 관계에 대해서 모르고 있는 산추루로서는 당연한 의문이다.

 "그건 안 된다."

 패가수는 자르듯이 단호하게 말했다. 하지만 그 이유에 대해서는 설명하지 않았다.

 자신과 기개세의 복잡한 관계를 설명하기도 쉽지 않을뿐더러, 애써 설명하기도 싫었다.

 그는 다시 생각에 잠겼다. 다나를 이 상태로 내버려 둘 순 없기 때문에 머리를 쥐어짜 보려는 것이다. 그러다가 문득 어떤 사실에 생각이 미쳤다.

'그렇다. 내가 화경의 경지에 도달했다는 사실을 잠시 잊고 있었다.'

그것은 매우 중요한 사실이다. 그는 예전에 비해서 두 배 이상, 아니, 그 이상 고강해져 있는 상태다.

울황고수 각자가 얼마나 강한지는 모르지만, 화경에 이른 그라면 한꺼번에 다섯 명쯤은 충분히 상대할 수 있지 않겠는가. 그것도 급습을 가한다면 말이다.

'그래, 다나를 구해서 이곳으로 데려오자.'

일단 그런 생각을 하자 결정은 그의 마음속에서 급격하고도 빠르게 이루어졌다.

'잠시 다녀오면 될 것이다. 설마 그사이에 태문주에게 무슨 일이야 일어나겠는가.'

다나를 구해 와서 이곳에서 함께 지내다가 남궁산이 내려온다는 보고를 받으면 그녀를 비어 있는 뇌옥에 잠시 있도록 하면 될 것이다.

등하불명(燈下不明)이라고, 설마 패가수가 다나를 구해서 철뇌옥에 함께 있을 것이라고는 생각하지 못할 터이다.

"알았다. 내가 직접 그녀를 구하러 가겠다."

그의 말에 산추루의 얼굴이 밝아졌다.

말을 해놓고 패가수는 기개세가 있는 옆 뇌옥 쪽 철벽을 쳐

악함의 끝은 없다 109

다보았다.

그는 필경 패가수와 산추루의 대화를 들었을 것이다. 그래서 그가 뭐라고 제동을 걸면 다나를 구하러 가는 것을 포기할 생각이었다.

하지만 잠시 기다려도 기개세에게서는 아무런 반응도 없다.

'태문주도 가능하다고 여긴 게야.'

그렇게 스스로를 위로한 패가수는 산추루와 함께 서둘러서 철뇌옥을 나갔었다.

*   *   *

기개세는 구정화의 여덟 번째 단계인 복단정화를 연공하고 있는 중이다.

연공은 뒤로 갈수록 길어지고 또 어려워져서 찰나지간도 소홀히 할 수가 없는 상황이다.

그렇기 때문에 그는 옆 뇌옥에서의 패가수와 산추루의 대화를 전혀 듣지 못했다.

설혹 들었다고 해도 그것에 대해서는 추호도 신경을 쓸 겨를이 없었다.

뇌옥에 있는 그의 육신은 바닥에서 반 장 정도 허공으로 떠올라 정지해 있는 상태다.

우우우…….

그의 몸이 아주 미세하게 진동을 하고 있으나 자세히 보지 않고는 모른다.

야공에 휘영청 떠 있는 시리도록 눈부신 만월(滿月).

후아아—!

한순간 만월에서 한 줄기의 굵은, 그러나 흐릿한 황색의 기운이 지상을 향해 수직으로 내리꽂혔다.

스파아…….

황색의 기운은 그대로 자금성 한쪽 구석의 땅에 적중되더니 찰나지간에 땅속으로 흡수되어 버렸다.

촌각을 만으로 쪼갠 찰나에 벌어진 그 광경을 우연히 목격한 사람이 몇 명 있기는 했다.

하지만 이후 아무런 일도 일어나지 않았기 때문에 단순한 착각 정도로만 여겼다.

그 황색 기운이 오십여 장 지하에 있는 철뇌옥의 기개세 몸속으로 흡수되는 것과 동시에 구정화의 복단정화가 완성됐다는 사실을 아는 사람은 아무도 없었다.

   *   *   *

[저깁니다.]

어느 전각 모퉁이에서 산추루가 저 멀리 보이는 전각을 가리키며 전음으로 말했다.

패가수는 전각 모퉁이에 한쪽 눈만 살짝 내밀고 산추루가 가리키는 전각을 주시했다.

그는 지금 보고 있는 전각을 잘 알고 있다. 예전에 다나가 머물던 바로 그 전각이다.

그 당시에 패가수는 다나 주변에서 서성거리느라 전각에 대해서 빠삭하게 파악하게 되었다.

[소저께선 예전 그 방에 계십니다.]

패가수는 산추루의 도움으로 울군사, 즉 황군의 복장을 하고 있으며 산추루도 같은 복장이다.

자금성 내에는 황군이 천 명가량 있으며, 대부분 성문이나 각 전각의 입구를 지키거나 심부름을 하는 단순한 임무에 종사하고 있다.

황군이 자금성 내를 오가는 것이나 전각에 들어가는 것은 그다지 의심받을 만한 일이 아니다.

이제 저기 보이는 전각 안에 들어가면 다나를 만나게 된다는 생각에 패가수는 마음이 격동했다.

그러나 지금의 상황에서 흥분은 금물이기 때문에 그는 천천히 심호흡을 하면서 마음을 진정시키려고 애썼다.

다나를 만나려면 그전에 그녀를 감시하고 있는 울황고수 다섯 명을 제압해야만 가능한 일이다.

별다른 일이 일어나지 않는다면, 그리고 패가수가 급습의 묘를 최대한 살리면 울황고수 다섯 명을 순식간에 제압하는 것은 그리 어려운 일이 아닐 것이다.

[가자.]

마침내 패가수는 가볍게 고개를 끄덕이면서 전음을 보내며 목표로 삼은 전각을 향해 성큼성큼 걸어갔다.

산추루가 미처 모르고 있는 일이 하나 있었다.

그것은 다나를 감시하는 다섯 명의 울황고수가 매일 저녁 술시(戌時)에 교대를 한다는 사실이다.

평소에 그 사실은 별로 중요하지 않지만 어떤 상황에서는 매우 중요하게 작용한다.

지금이 바로 그렇다. 패가수가 다나의 거처로 잠입하고 있는 시각이 술시인 것이다.

운명이란 이따금 짓밟힌 사람을 더욱 짓밟는 잔인함을 살금살금 즐긴다.

第百六十三章
아아! 태문주!

대사부

저벅저벅.

 패가수는 산추루를 복도 모퉁이에 남겨두고 다나의 방 입구를 향해 똑바로 걸어갔다.

 입구에는 네 명의 울황고수가 당당한 모습으로 나란히 늘어서 있다.

 웬만한 사람의 간담으로는 단지 보는 것만으로 주눅이 들 것 같은 위용이다.

 다나를 감시하는 일 개조 다섯 명 중에서 나머지 한 명은 전각 밖 다나의 창을 지키고 있었다.

패가수는 우선 전각 안의 네 명을 제압한 직후에 나머지 한 명을 제압할 계획이다.

아무리 기척없이 제압한다고 해도 밖에 있는 자가 눈치를 챌지도 모르기 때문이다.

그리고는 다나를 데리고 전각을 빠져나가는 데까지 걸리는 시간을 열다섯 호흡으로 잡고 있다.

저벅저벅.

패가수와 울황고수의 거리가 점차 좁혀졌다.

네 명의 울황고수 중에서 패가수 쪽의 끝에 있는 울황고수가 그를 힐끗 쳐다보고는 별일 아니라는 듯이 다시 시선을 거두었다.

황군이 이 전각 안으로 들어오는 일은 그리 신경 쓸 만한 일이 아니기 때문이다.

패가수는 공력을 극한으로 끌어올린 상태에서 계속 걸어 첫 번째 울황고수를 막 지나쳤다.

그는 오른쪽 반 장 거리에 늘어서 있는 울황고수들을 스쳐 지나가면서 정면을 똑바로 주시했다.

그는 두 번째와 세 번째 울황고수 옆을 스쳐 지나는 순간 번개같이 오른쪽으로 상체를 비틀면서 각기 다른 방향으로 두 주먹을 뻗었다.

울황고수들로서는 추호도 예측하지 못한 급습이다.

슈우.

왼 주먹은 첫 번째 울황고수를, 오른 주먹은 세 번째 울황고수를 겨냥했다.

한 걸음 반 장밖에 안 되는 가까운 거리에서 가하는 빛처럼 빠른 공격이므로 울황고수들이 피하거나 반격한다는 것은 처음부터 불가능하다.

뻐뻑!

그의 두 주먹이 정확하게 첫 번째와 세 번째 울황고수의 얼굴을 가격했으며, 그 순간 두 명은 즉사했다.

그리고 바로 그때 패가수가 걸어가던 복도 맞은편 문이 열리면서 네 명의 울황고수가 일렬로 들어섰다.

패가수는 최초의 공격이 쾌속함이 중요하기 때문에 공력을 과중하게 싣지 않았다.

그래서 주먹에서 뿜어진 신화력(神化力)이 두 울황고수의 얼굴에 적중됐어도 그들의 얼굴이 약간 함몰됐을 뿐 박살 나지는 않았다.

신화력은 강기의 최고 경지인 극강기(極罡氣)보다 훨씬 더 빠르고 강력한 기운이다. 즉, 화경에 이른 사람만 발출할 수 있는 것이다.

그러나 신화력이 아무리 빠르고 막강하다고 해도 예상하지 못했던 변수까지 격퇴할 수는 없다.

즉, 패가수의 주먹에서 발출된 신화력이 울황고수 두 명의 얼굴에 적중되는 것과 그 순간에 복도 맞은편 문을 열고 들어오는 울황고수 교대조 네 명은 패가수로서는 전혀 예상하지 못했던 변수다.

새로운 교대조 다섯 명 중에서 한 명이 전각 뒤쪽 창으로 교대를 하러 갔지만, 패가수에게 큰 위로는 되지 못했다.

패가수는 최초의 두 명 얼굴에 일권을 적중시킨 직후 두 번째 공격을 하지 못했다.

대신 움찔 놀라서 마주 다가오고 있는 교대조를 쳐다보며 일순 몸이 얼어붙었다.

스승! 창!

그때 패가수 옆에 있는 두 명의 울황고수가 패가수를 공격하기 시작했다.

그리고 마주 오는 네 명의 울황고수들은 일제히 무기를 뽑으면서 패가수를 향해 쏘아왔다.

이런 상황이 되리라고는 조금도 예상하지 못했기에 패가수는 적잖이 당황했다.

그러나 이미 엎질러진 물이고, 물러날 수도 없다. 방법은 맞부딪쳐서 싸우는 것뿐이다.

쒜액! 쌕!

그가 잠시 당황하고 있는 사이에 옆에 있던 두 명의 울황고수가 휘두르는 두 자루 도가 패가수의 정수리와 목을 향해 무시무시한 기세로 파고들었다.

슈우우!

패가수로서는 우선 그 두 명을 상대할 수밖에 없었다. 여차하는 순간에 정수리가 쪼개지고 목이 잘릴 위급한 상황이다. 생각하는 것은 그다음이다.

그가 아무리 화경에 이르렀다고 해도 도에 적중되면 잘릴 수밖에 없다.

스스스……

그는 보법을 밟으면서 뒤로 물러나며 미친 듯이 상체를 흔들어서 가까스로 피했다.

반 장이라는 짧은 거리가 급습을 가할 때는 이점으로 작용했으나 공격을 받을 때에는 오히려 최악의 상황을 만들어내고 있다.

한번 수세에 몰린 패가수는 반격할 기회를 찾지 못하고 연속적으로 뒤로 밀리면서 피하기에 급급했다.

안정을 찾은 두 명의 울황고수는 거리를 좁히면서 더욱 신랄한 공격을 퍼부었다.

그러는 사이에 네 명의 울황고수까지 다가와서 합공을 퍼붓기 시작했다.

좁은 복도에서 울황고수 여섯 명이 한꺼번에 퍼붓는 공격은 실로 대단했다.
 '이놈들!'
 더 이상 수세에 몰릴 수도, 시간을 지체할 수도 없다고 판단한 패가수는 공력을 극한으로 끌어올려 자신이 자랑하는 보법을 전개했다.
 스스스…….
 그 순간 그의 모습이 흐릿해지는가 싶더니 순식간에 여러 개로 분산되었다.
 아니, 보법이 너무 빠르기 때문에 여러 명의 패가수로 보이는 것이다.
 예전의 그라면 꿈도 꾸지 못할 일이다. 화경에 이르렀기에 가능한 일이다.
 공격하던 울황고수들은 찰나지간 표적을 잃고 멈칫했다.
 그 순간을 놓칠 패가수가 아니다.
 무기를 지니고 있지 않지만, 화경에 이른 절대고수에겐 무기 따위는 중요하지 않다.
 츠으…….
 그가 두 손을 각기 다른 방향으로 휘두르자 너무 빨라서 오히려 느리게 보였다.
 팍!
 칼처럼 세운 손끝에서 두 자쯤 뻗은 신화력이 울황고수 한 명의 목을 뎅겅 잘랐다. 투명한 신화력이 일종의 무형검을 만든 것이다.

푹!

다른 손에서 발출된 신화력은 또 한 명의 울황고수 심장을 관통했다.

키이—

그 순간 등 뒤에서 한 자루 도가 맹렬하게 뒤통수를 수직으로 내리그었다.

패가수는 뒤돌아보지 않은 채 상체를 한쪽 방향으로 쓰러뜨리면서 손목을 뒤집었다.

쩍!

장심에서 발출된 신화력이 그의 뒤통수를 쪼개려던 울황고수의 가슴 한복판에 적중되었다.

이제 세 명만이 남았다. 이변이 없는 한 세 호흡 안에 그들을 전멸시킬 수 있을 것이다.

예상하지 못한 교대조 때문에 일이 좀 꼬이기는 했지만 이제 세 명만 처치하면 된다. 그다음엔 다나를 데리고 이곳을 감쪽같이 뜨면 되는 것이다.

그러나 옛말에 복은 쌍으로 오지 않고, 화는 홀로 오지 않는다는 말이 있다.

과연 패가수에게도 그랬다. 첫 번째 화가 울황고수 교대조가 나타난 것이라면, 두 번째 화는 실로 결정적인 것이다.

눈곱만큼도 예상하지 않았던 일. 느닷없이 남궁산이 나타난 것이다. 그것도 수십 명의 울황고수를 거느리고.

"무슨 일이냐?"

조금 전에 교대조가 들어섰던 문으로 들어오던 남궁산이 복도에서 벌어지고 있는 상황을 발견하고 그렇게 고함을 칠 때까지도 패가수는 울황고수들과 치열하게 싸우느라 그의 출현을 알지 못했다.

'남궁산!'

패가수는 목소리만 듣고도 소리를 지른 사람이 누구라는 것을 즉각 알아차렸다.

황군은 반 뼘 폭의 챙이 넓게 달린 모자를 쓰고 있기 때문에 어느 정도 얼굴을 가려주므로 남궁산은 아직 패가수를 알아보지 못했다.

쐐애―

그 순간 패가수는 남궁산의 목소리에 자기 혼자만 움찔 놀라서 동작을 멈췄으며 세 울황고수의 공격은 계속되고 있다는 사실을 깨달았다.

그 때문에 허점을 보였던 그는 황급히 몸을 뒤틀면서 세 자루 도를 어렵사리 피했다.

"무… 슨 일이죠?"

그때 다나의 방 입구 쪽에서 여자의 놀란 듯한 목소리가 들려왔다.

'다나!'

그 목소리를 듣는 순간 패가수는 심장이 멈춰 버릴 듯한 충격을 받았다.

그러나 반가움보다는 조급함이 앞섰다. 남궁산이 나타났다는 것은 그가 호위로 이끌고 다니는 울황고수들도 들이닥쳤다는 의미다.

"잡아라!"

남궁산이 패가수를 가리키면서 급히 명령하자 그를 호위하고 있던 오십여 명의 울황고수 중에서 선두의 십여 명이 쾌속하게 쏘아나왔다.

촌각을 백으로 쪼갠 찰나지간에 패가수의 머리가 번갯불처럼 빠르게 돌아갔다.

'이대로는 안 된다.'

안 되는 정도가 아니다. 이건 최악의 상황이다. 아둔패기가 아닌 이상 이쯤에서 물러나지 않으면 목숨을 부지하기 어렵다는 사실을 깨달을 것이다.

감정에 못 이겨서 계속 밀어붙인다면 패가수는 물론이고 다나마저도 위험에 빠지고 말 것이다.

그는 다나를 구하려고 여기까지 온 것이지 같이 죽으려고 온 것은 아니다.

그는 방금 전에 다나의 목소리를 들었을 뿐 아직 얼굴조차 보지 못했다. 볼 겨를이 없다.

남궁산의 명령으로 쏘아온 십여 명의 울황고수가 지척까지 접근했을 때, 갑자기 패가수가 수직으로 번개같이 신형을 솟구쳤다.

남궁산은 황군 복장을 한 괴인물이 천장까지 삼 장의 거리를 솟구쳐 오르는 것을 쳐다보다가 한순간 무엇을 발견했는지 갑자기 눈빛이 가볍게 흔들렸다.

퍼퍽!

패가수는 순식간에 천장과 지붕을 뚫고 사라졌다.

퍼퍼퍼퍽!

다음 순간 패가수와 싸우던 세 명과 쏘아오던 십여 명의 울황고수도 일제히 솟구쳐 올라 천장과 지붕을 뚫으며 바짝 추격했다.

"아아……"

다나는 크게 놀라서 눈을 동그랗게 뜨고 뚫어진 천장을 바라보았다.

만약 방금 전에 천장을 뚫고 도주한 사람이 패가수라는 사실을 알았다면 이렇게 서 있지도 못할 것이다.

'설마……'

남궁산은 방금 천장을 뚫고 사라진 황군의 얼굴 중에서 입술과 턱 부위를 찰나지간에 어렴풋이 봤다. 아래에서 쳐다봤기 때문에 그 부위만 볼 수 있었다.
 그런데 그 모습이 어쩐지 패가수와 몹시 닮았다는 생각이 들었다.
 "여길 엄중히 경계하라!"
 순간 그는 명령을 내리자마자 몸을 돌려 왔던 길로 달려가기 시작했다.
 '패가수일 리가 없다!'
 속으로는 그렇게 중얼거리지만 무공이 폐지된 패가수가 철뇌옥에 갇혀 있는 모습을 자신의 두 눈으로 확인하기 전에는 마음이 놓이지 않았다.

 울황고수들이 추격전에서 패가수를 따라잡을 수는 없다.
 그들이 막강하다고는 하지만 경공에서는 패가수를 능가하지 못하기 때문이다.
 그래도 패가수는 드넓은 자금성을 거의 두 바퀴 반이나 돌고 난 다음에야 그들을 완전히 떨쳐 낼 수 있었다.
 울황고수들은 패가수가 자금성 밖으로 벗어난 줄 알고 곧장 뒤쫓아 나갔다.
 패가수는 다나의 거처가 있는 전각 쪽을 쳐다보았다. 여기서 그 전각은 보이지 않을 뿐만 아니라 꽤 멀다.

하지만 패가수의 눈에는 그녀가 보이는 듯 마음이 더없이 우울해졌다.

다나를 구하겠다고 달려갈 때만 해도 의욕과 기대가 충만했다. 실패할 것이라는 생각은 거의 하지 않았다.

그런데 지금 돌이켜 생각해 보니 그것이 실로 무지몽매한 우발적인 행동이었다. 그 사실을 한차례 곤욕을 치르고 나서야 뼈저리게 절감했다.

하마터면 죽도 밥도 아닌 상태에서 죽을 뻔했다. 죽는 것이 두려워서가 아니다.

그는 아직 할 일이 남아 있는데 그것을 이루지 못하고 죽으면 눈을 감지 못한 채 영혼은 귀신이 돼서 구천을 떠돌게 될 것이다.

'멍청하게……'

자신을 꾸짖을 수밖에 없는 일이다. 아직도 다나의 외침이 귓가에 쟁쟁하다.

그는 어둠 속에서 잠시 더 다나가 있는 전각 쪽을 쳐다보다가 철뇌옥으로 가기 위해서 발길을 돌렸다.

추격하는 울황고수들을 떨치려고 달리다가 멈춘 곳이 우연찮게 철뇌옥에서 멀지 않은 곳이다.

그는 전각의 담 아래의 어두운 곳만을 골라서 철뇌옥을 향해 천천히 걸어갔다.

 마음속이 흙탕물처럼 너무 복잡해서 좀 걸으면서 생각을 정리하고 싶었다.

 그때 그는 무슨 기척을 느꼈다. 그것은 여러 명이 한쪽 방향으로 달려가고 있는 파공성이 분명했다.

 다음 순간 그는 전각의 모퉁이를 막 돌아서 나가려다가 무엇인가를 발견하고 급히 뒷걸음질 쳐서 모퉁이 안쪽으로 몸을 감췄다.

 왼쪽 저만치 전방에 한 떼의 울황고수들이 매우 빠른 속도로 달려가고 있는 광경이 보였다.

 그런데 패가수는 가장 앞쪽에서 달리고 있는 사내를 발견하고 움찔 놀랐다.

 '남궁산!'

 그렇다. 울황고수 맨 앞에서 달려가고 있는 자는 남궁산이 분명했다.

 그리고 그들이 달려가고 있는 방향에는 철뇌옥이 있다. 철뇌옥은 자금성의 가장 후미진 곳에 있기 때문에 지금 그들이 그곳 외에 다른 곳으로 가는 길이라고는 생각할 수가 없는 상황이다.

 '놈이 나를 알아봤다!'

 패가수의 심장이 철렁 내려앉았다. 어떻게 남궁산이 알아봤는지 궁금하지만, 지금은 그보다는 이 상황을 타개할 대책을 생각해 내야만 한다.

순간 그는 철뇌옥을 향해 전력으로 달리기 시작했다. 길게 늘어선 전각군을 두고 남궁산 일행은 왼쪽에서, 패가수는 오른쪽에서 달렸다.

하지만 남궁산 일행이 십여 장 이상 앞서 있다. 그리고 철뇌옥은 불과 십오륙 장 전방에 있다.

그러므로 지금 상황에서 패가수가 그들을 앞지르는 것은 불가능하다.

갑자기 눈앞이 캄캄해졌다. 남궁산이 철뇌옥에 먼저 당도한다면 패가수가 없는 사실을 알게 될 것이고, 그러면 모든 것이 끝장이다.

연공 중인 기개세는 철뇌옥에 혼자 방치될 것이다. 그의 연공이 끝날 때까지 별일이 일어나지 않을 수도 있으나 일어날 가능성도 많다.

또한 패가수가 철뇌옥을 탈출했다는 사실이 발각되면 그 여파는 결코 적지 않다.

일단 패가수 자신이 다시는 철뇌옥에 돌아가지 못할 것이고, 자금성 내에도 머물지 못하게 된다. 결국 자금성을 나갈 수밖에 없다.

기개세와 다나, 가장 소중한 두 사람 곁에서 멀어져야만 하는 것이다.

여태껏 품고 있던 한 가닥 기회가 사라지는 대신 그들 두 사람에겐 오히려 위험이 닥쳐오게 될 터이다.

그것뿐이 아니다. 철뇌옥에 연관된 자들이 줄줄이 잡혀 들어가서 고문을 당하다가 끝내는 처형당하고 말 것이다.

철옥수들을 포섭한 것이 토벌총군의 여파락이라는 사실이 드러날 것이고, 자금성 내에 있는 백 명의 토벌총군 고수에게도 불똥이 튈 것이다.

패가수가 한순간 경거망동을 하는 바람에 모든 것이 엉망진창이 되고 말 지경에 놓였다.

'안 돼! 절대로 안 된다!'

절망적인 상황에 직면한 패가수는 사력을 다해서 철뇌옥이 있는 전각을 향해 쏘아갔다.

이러다가 누군가에게 들킬지도 모른다는 염려 같은 것은 아예 하지 않았다.

철뇌옥까지 십오 장 남짓의 짧은 거리가 수백 리 이상 멀게만 느껴졌다.

아무리 기를 쓰고 달려도 조금도 거리가 좁혀지는 것 같지 않아서 패가수는 속이 다 타서 재가 되는 것만 같았다.

"......!"

그가 마침내 철뇌옥이 있는 전각의 오른편에 도착했을 때,

입구로 남궁산이 막 들어가고 있는 광경이 보였다.

'늦었다!'

당연히 늦을 줄 예상하고 있었으나 막상 늦은 것을 실감하자 심장이 몸 밖으로 나와서 아예 바닥에 나뒹구는 것만 같은 기분이다.

철뇌옥이 있는 전각은 철뇌전(鐵牢殿)이라고 하며 십여 개의 방이 있는 작은 단층 건물이다.

전각 내의 여러 방에는 철뇌옥의 우두머리와 철옥수들이 기거하고 있으며, 중앙의 광장에 철뇌옥으로 내려가는 나선형의 계단이 있다.

철뇌전으로 들어가는 입구는 두 군데가 있다. 어느 입구로 들어가든 철뇌옥 계단에 가려면 여러 차례 꼬불꼬불 모퉁이를 돌아야만 한다.

패가수는 남궁산 일행이 들어간 반대편의 입구를 향해 전각 위를 날아서 넘느라고 또 시간을 지체했다.

그러면서 그는 기적이 일어나길 빌었다. 남궁산이 전각 안에서 잠시라도 지체해주기만 하면 되는 기적이다.

퉁!

"억!"

전각 안 통로를 선두에서 전력으로 달리던 남궁산이 갑자기 뭔가에 호되게 부딪치는 것과 동시에 뒤로 튕겨져 바닥에 나뒹굴었다.

그뿐이 아니라 바로 뒤쪽 좌우에서 바짝 따르고 있던 몇 명의 울황고수들도 남궁산처럼 무엇인가에 부딪쳐서 튕겨져 나갔다.

"으으……."

전력으로 달리다가 부딪쳤기 때문에 남궁산과 울황고수들은 쓰러진 채 금세 일어나지 못했다.

"도대체 뭐냐?"

남궁산은 벽을 짚고 비틀거리면서 일어나 오만상을 쓰면서 전방을 쏘아보며 버럭 소리쳤다.

뒤쪽에 있던 울황고수들이 재빨리 남궁산이 튕겨졌던 지점으로 나가 손을 뻗어 허공을 더듬거리면서 전진했다.

그러나 그들은 아무것에도 방해를 받지 않고 이 장여나 걸어나갔다.

그걸 본 남궁산은 어이없는 표정을 지었다. 자신은 마치 허공에 있는 보이지 않는 철벽에 부딪친 듯한 충격을 받으면서 튕겨졌기 때문이다.

그는 손을 앞으로 뻗은 채 주춤거리면서 앞으로 한 걸음씩 걸어나갔다.

그런데 그도 마찬가지다. 앞에는 보이지 않는 철벽은커녕

거미줄조차 없었다.

패가수가 나는 듯이 계단 입구에 도착하자 그곳에 있던 철옥수 송광이 공손히 허리를 굽혔다.

그 모습을 보고 패가수는 흠칫했다. 남궁산과 울황고수들이 철뇌옥으로 내려간 것을 봤다면, 지금쯤 송광의 얼굴이 썩은 돼지 간처럼 거멓게 변해 있어야만 한다.

그런데 그의 얼굴이나 태도는 아까 패가수가 이곳을 떠날 때와 조금도 다르지 않았다.

게다가 송광은 남궁산 일행이 이 전각 안으로 들어왔다는 사실조차 모르고 있는 것 같다.

'어떻게 그럴 수가 있는 거지?'

먹구름처럼 의문이 뭉게뭉게 들었다. 하지만 지금은 그것이 중요한 게 아니다.

남궁산이 철뇌옥으로 내려가지 않은 것만은 분명한 것 같다. 일의 전말이야 어떻게 됐든지간에 일단 철뇌옥에 내려가야만 한다.

철컹!

철뇌옥의 입구가 열리는 소리가 들렸다.

발자국 소리는 들리지 않았다. 그 대신 여러 명이 철뇌옥의 통로를 쏘아오는 파공성이 뒤를 이었다.

그리고 그 소리가 패가수의 뇌옥 앞에서 일제히 멈췄다.

굳게 닫혀 있는 철문 위쪽 쇠창살 사이로 누군가 뇌옥 안을 들여다보는 이글거리는 눈초리가 느껴졌다.

남궁산은 뇌옥 구석에 잔뜩 웅크리고 누워 있는, 벌거벗은 것이나 다름이 없는 남루한 옷차림의 패가수를 잡아먹을 듯한 눈빛으로 쏘아보았다.

'내가 잘못 본 것이라는 말인가?'

철컹!

그는 벽을 향해 돌아누워 있는 패가수를 뚫어지게 쏘아보더니 신경질적으로 철문을 열고 안으로 성큼 들어갔다.

그런데도 패가수는 꼼짝도 하지 않았다. 흡사 철문 여는 소리를 듣지 못했거나 들었어도 돌아볼 기력조차 없는 사람 같았다.

남궁산은 또다시 뇌옥 한가운데에서 패가수를 한동안 날카롭게 쏘아보았다.

그러다가 그에게 두어 걸음 다가가는 듯하더니 휙 몸을 돌려 뇌옥을 나가 버렸다.

이어서 올 때하고는 달리 발자국 소리를 크게 울리면서 멀어지더니 잠시 후에 철문이 열렸다가 다시 닫히는 소리가 이어졌다.

그래도 패가수는 그로부터 일각 이상 동안 꼼짝도 하지 않고 웅크린 채 누워 있었다. 남궁산이 다시 올지도 모른다는 생각에서다.

그는 공력을 끌어올려 청력을 극대화시켜서 아무 소리도 들리지 않는다는 확신이 서자 이윽고 천천히 몸을 일으켜 앉았다.

그러자 그의 몸에 덮고 있던 낡은 옷이 스르르 흘러내리며 그의 탄탄한 알몸이 드러났다.

또한 그는 품에 황군 옷과 모자를 안고 있었다. 옷을 갈아입고 또 치울 겨를이 없어서 그냥 품에 안은 채 웅크리고 누웠던 것이다.

만약 남궁산이 그를 일으켰다면 발각되고 말았을 것이다.

벽에 기대앉아서 철문을 쳐다보는 그의 얼굴에서는 땀이 뚝뚝 떨어졌다. 극도로 긴장했기 때문이다.

그는 그 자리에서 꼼짝도 하지 않은 채 철문을 쏘아보며 비로소 진지하게 생각에 잠겼다.

어째서 남궁산이 자신보다 철뇌옥에 늦게 도착했는가 하는 사실이 여전히 풀리지 않는 수수께끼다.

계단 입구에서 패가수를 맞이했던 철옥수 송광에게 물어봐야 소용이 없을 것이다.

그가 뭔가 아는 것이 있다면 패가수가 부르기 전에 찾아와서 벌써 말해주었을 것이다.

하지만 아무리 골똘히 생각을 거듭 해봐도 도무지 풀리지 않는 일이다.

그 알 수 없는 일 때문에 한시름을 덜기는 했으나 그 이유를 모르니 답답하기 짝이 없다.

철컹!

그때 철뇌옥의 철문이 열리는 소리가 뇌옥 안을 울리자 패가수는 움찔 놀랐다.

자라 보고 놀란 가슴이 솥뚜껑 보고 놀란다는 것이 바로 이런 경우일 것이다.

그러나 남궁산이 되돌아온 것은 아니다. 들어온 사람은 송광과 동료인 진남이다. 패가수는 그들의 숨소리만 들어도 알 수 있다.

패가수는 어쩌면 그들이 남궁산이 늦은 이유에 대해서 말해주려고 왔는지도 모른다는 생각을 했다.

과연 송광과 진남은 패가수 철문 앞에 멈추더니 곧 철문을 열고 안으로 들어와 공손히 무릎을 꿇고 절을 올렸다.

"대황군님, 진남이 이상한 광경을 목격했기에 말씀드리려고 왔습니다."

고개를 들고 송광이 조심스럽게 진남을 가리켰다.

진남은 마치 못 볼 것을 본 사람 같은 어리둥절한 얼굴로 말문을 열었다.

"아까 남궁산과 울황고수들이 철뇌전으로 들어와서 복도를 전력으로 달리던 중에 희한한 일이 일어났습니다요."

과연 패가수의 짐작이 맞았다. 남궁산은 필경 복도에서 무슨 일이 일어나서 늦은 것이다.

"무슨 일이 있었느냐? 어서 말해봐라."

진남은 고개를 모로 꼬며 아리송한 표정을 지었다.

"그게… 달려오던 남궁산 일행이 갑자기 복도에 마치 보이지 않는 투명한 벽에 부딪친 것처럼 튕겨져서 냅다 바닥에 나뒹굴었습죠."

"투명한 벽?"

패가수는 의아한 표정을 지었다.

"네. 더는 뭐라고 설명하기 힘듭니다요. 누가 보더라도 통로에 처진 투명한 벽에 부딪친 광경이었으니까요. 그렇지만 투명한 벽은 곧 사라졌습니다요."

그때 번쩍 패가수의 뇌리를 스치는 뭔가가 있다.

"그다음에 남궁산은 어떻게 했느냐?"

그 당시에 복도 끝에 서 있던 진남은 남궁산 일행에게 일어난 일을 생생하게 목격했다.

그는 큰 충격을 받은 남궁산 일행이 간신히 일어나서 한 행동에 대해서 자세히 설명하기 시작했다.

그런데 패가수는 진남의 설명이 끝나기도 전에 튕기듯이 벌떡 일어나서 뇌옥을 나가더니 기개세의 뇌옥으로 한달음에 달려갔다.

철문을 열고 구르듯이 안으로 달려들어 간 그는 한순간 그 자리에 몸이 얼어붙고 말았다.

기개세의 육신은 언제나처럼 뇌옥 한복판에 누워 있었다.

그런데 입과 코에서 새빨간 피가 흘러나와 있는 모습이다.

'틀림없다! 태문주가 나를……'

기개세를 굽어보는 패가수의 두 눈에 눈물이 핑 돌았다. 그리고 가슴속에서 뜨거운 것이 울컥 솟구쳤다.

그는 이제야 어떻게 된 일인지 확연히 알게 되었다. 기개세가 그를 도운 것이다. 아니, 또다시 살린 것이다.

기개세는 패가수가 위험에 처하게 된 것을 알게 되었다. 또한 그가 남궁산보다 철뇌옥에 빨리 돌아와야 한다는 사실마저 간파했다.

기개세가 어떤 방법을 전개했는지는 짐작조차 할 수 없지만, 남궁산 일행이 달려가는 통로 앞쪽에 무형의 막을 펼쳐 둔 것이 분명하다.

그래서 남궁산 일행이 무형의 막에 부딪쳐서 튕겨져 나뒹구는 바람에 패가수가 그들보다 먼저 철뇌옥에 들어올 수 있었던 것이다.

하지만 기개세는 연공 중이었다. 그런 상황에서 패가수를 구하려고 무리를 했기 때문에 주화입마에 든 것이 분명하다. 피를 흘리고 있는 것이 그가 주화입마에 들었다는, 움직일 수 없는 증거다.

쿵!

"크흑! 나 같은 놈 때문에……."

패가수는 기개세 앞에 무너지듯이 무릎을 꿇으면서 짓이겨진 신음을 흘렸다.

또한 그는 기개세가 자신 때문에 이 지경이 됐는데도 손을 놓고 그저 쳐다만 보고 있어야 한다는 사실 때문에 더욱 괴로움을 견디지 못했다.

패가수 뒤에 멀뚱하게 서 있는 송광과 진남은 도대체 그가 왜 그러는지 알지 못했다.

第百六十四章

다시 만나다

대사부

기개세는 구정화의 마지막 한단정화 단계에서 패가수를 구해주려고 철뇌전 통로에 무형막을 전개했다.
 어쩔 수가 없는 상황이었다. 모르고 있으면 그런 일이 일어나지 않았겠지만, 알고서야 패가수의 위급함을 외면할 수가 없었다.
 물론 패가수가 없으면 기개세 자신의 연공에 지장이 있을 것이라는 염려 따윈 하지 않았다. 그런 생각을 할 만큼 그는 염치없는 사람이 아니다.
 어쨌든 중요한 시기에 다른 곳에 한눈을 파느라 그는 연공에 약간의 차질이 생겼다.

아니, 사실 그가 이루고 있는 구정화는 연공 같은 것이라고 할 수 없다.

무공을 연마하고 익히는 것을 연공이라고 한다. 하지만 현재 그가 하고 있는 일은 무공이 아니다.

삼라만상과 하나가 되고, 천신족으로서 하늘에 이르는 과정이라고 할 수 있다.

굳이 이름을 붙이자면 '천신지공(天神之功)'이라고 할 수 있을 것이다.

지금 그는 얼마 전에 완성했던 팔단계 복단정화를 다시 시도하고 있다.

패가수를 돕고 나니까 천신지공이 한단계 후퇴를 해버린 사실을 깨달은 것이다.

철뇌옥에서 멀리 떨어진 철뇌전 통로까지 기운을 보내서 무형의 벽을 만드는 일은 기개세라고 해도 만만한 일이 아니었던 것이다.

어쩔 수 없는 일이다. 만약 패가수를 돕는 대가가 한단계 후퇴하는 것이라는 사실을 미리 알았다고 해도 그는 똑같은 행동을 했을 것이다.

지금 그는 팔 단계 복단정화에 열중해 있느라 패가수가 자신의 육신 옆에서 비통함에 몸부림치고 있다는 사실도 모르고 있다.

             *   *   *

남궁산은 극도의 위기감을 느끼고 있다.

그렇지 않아도 자신이 사면초가에 놓였다고 여겼는데, 얼마 전에 다나의 거처에 출현하여 한바탕 소동을 피운 괴인물 때문에 위기감에 초조함까지 더해져서 지금은 숨을 쉬는 것조차 답답한 지경이다.

그는 습관적으로 술잔을 입으로 가져가서 마시며 벌써 오랫동안 생각에 잠겨 있는 중이다.

그렇지만 지금의 난감한 상황을 타개할 방법은 하나도 생각나지 않았다.

오히려 생각하면 할수록 자신에게 좋지 않은 여건이나 상황들이 새롭게 자꾸 떠올랐다.

"휴우……."

그래서 나오는 것은 한숨뿐이다.

"가주."

그때 맞은편에 앉아서 남궁산이 잔을 비울 때마다 묵묵히 술잔을 채우고 있던 양종이 조심스럽게 입을 열었다.

남궁산은 잔뜩 이맛살을 찌푸린 채 건성으로 양종을 쳐다보며 눈짓으로 뭐냐고 물었다.

양종은 자세를 고쳐 앉으면서 더욱 조심스러운 표정을 지었다. 그로 미루어 이제 하려는 말이 매우 중요하면서도 어려운 내용인 듯하다.

"가주, 아무래도 울제국 황제자리는 물 건너간 것 같습니다. 그만 발을 빼는 것이 좋을 듯합니다."

그러자 술을 마시려던 남궁산의 동작이 뚝 멈췄다.

양종은 남궁세가의 대검총수였다가 장렬하게 최후를 맞이한 양림의 친동생으로서 현재 남궁산이 가장 신뢰하고 있는 최측근이다.

그는 언제나 묵묵히 남궁산을 보필했는데 방금 한 말은 실로 뜻밖이다.

하지만 양종의 말은 분명히 옳다. 야망과 울전대만으로 울제국 황제가 되는 일은 싹수가 노랗다.

그것을 알면서도 남궁산이 손을 떼지 못하는 이유는 너무 억울하기 때문이다.

거사를 일으켰는데도 아무것도 얻은 것 없이 물러나야 한다는 것이 얼마나 억울하냐는 말이다.

그런데 양종이 남궁산의 정곡을 찔렀다.

"어차피 공을 들였던 일이 아니잖습니까?"

그가 비록 완곡하게 에둘러서 말은 했지만, 남궁산은 그의 말을 정확하게 알아들었다.

울제국의 황제가 되는 일은 어쩌다가 보니까 일이 그렇게 돼서 욕심을 내본 것일 뿐이지 처음부터 계획 같은 것은 아예 없었다.

우연찮은 기회에 패가수가 항세검을 지녔다는 사실을 알게 되었고, 그래서 고심 끝에 그를 배신해서 얻어낸 결과가 지금의 위치다.

남궁산이 대가를 치렀다면 패가수를 배신하여 그를 잃었다는 것 정도에 불과하다.

노력을 쏟은 것도, 그렇다고 인력이나 자금을 대거 투입한 것도 아닌, 그저 길을 가다가 발에 채여서 얻어걸린 하나의 행운이었을 뿐이다.

그러므로 양종의 말인즉, 미련없이 버린다고 해도 손해날 것이 없다는 뜻이다.

그것을 남궁산이 왜 모르겠는가. 그런데도 그는 선뜻 지금의 상황에서 물러나지 못하고 있다. 욕심을 끊어내기가 쉽지 않기 때문이다.

남궁산의 그런 속마음을 짐작한 양종은 자신이 생각하고 있던 것을 넌지시 운을 뗐다.

"머지않아서 이반이 자금성에 들이닥칠 것입니다. 그리고 천검신문의 백만이 넘는 고수들도 곧 북경성에 당도하게 될 것입니다. 그리되면 우린 오도 가도 못하는 신세가 되고 맙니다. 가주께서 지금 결단을 내리지 않으시면 그야말로 죽 쒀서 개 주는 꼴이 되는 것입니다."

양종의 말은 하나도 틀리지 않았다. 아니, 남궁산이 알고 있는 사실들을 양종이 상기시켜 준 것이다.

"끙!"

남궁산이 착잡한 표정으로 앓는 소리를 내자 양종은 마침내 처방전을 꺼내놓았다.

"울제국을 포기하는 대신에 우린 다른 것을 손에 넣으면 되지 않겠습니까?"

남궁산은 무슨 얘기냐는 듯 시큰둥한 표정을 지었다.

"다른 거라니?"

"무림입니다."

"무림?"

남궁산은 무슨 뚱딴지같은 소리냐는 표정을 지었다. 울제국 황제 자리를 얘기하다가 불쑥 무림 얘기가 나오니까 당연한 반응이다.

"가주의 본래 목적은 남궁세가의 부흥 아닙니까?"

"그렇지."

남궁산이 고개를 끄덕이자 양종은 진지한 표정으로 말을 이었다.

"현재 무림은 비어 있는 상황이나 마찬가지입니다."

"비어 있어?"

양종의 말을 되뇌다가 남궁산은 벌떡 일어서며 낮게 외쳤다.

"그, 그렇지!"

"지금이라면 본가를 부흥하는 데 최적기입니다. 땅 짚고 헤엄치는 것이나 다름이 없습니다."

"음!"

남궁산의 얼굴에서 여태까지의 찌푸린 표정이 한순간 씻은 듯이 사라졌다.

"바로 그거야!"

그는 격절탄상(擊節嘆賞)했다.

"그렇습니다. 정파와 사도, 마도의 정예들이 대부분 천검신문에 가담해 있으므로 우리가 본가를 부흥하는 데 걸림돌은 없습니다."

"본가 부흥이 아냐."

"네?"

양종은 의아한 표정을 지었다.

남궁산은 의미심장한 엷은 미소를 떠올리며 말했다.

"이참에 아예 우리가 무림을 통째로 장악해 버리는 것이다. 울제국의 황제가 아니라 무림황제가 되는 것이지."

"……."

양종의 얼굴에 대경실색하는 표정이 가득 떠올랐다. 그는 자신의 제안이 이런 식으로 비약될 줄은 예상하지 못했다.

남궁산의 머릿속에는 이제 울제국의 황제 자리 따위의 미련은 한 올도 남아 있지 않았다.

그는 야망이라는 이름의 적토마로 갈아탔으며, 적토마는 이미 무림을 향해서 질풍처럼 내달리고 있는 중이다.

"후후후, 울전대를 앞세운다면 당금 무림에서 어느 누가 감히 내 적수가 되겠는가?"

    *   *   *

패가수를 안심시킨 것은 기개세의 한마디 심어였다.

[나는 괜찮네.]

입과 코에서 피를 흘리고 있는 기개세 옆에 패가수가 무릎을 꿇고 앉아 다섯 시진을 보냈을 때 머릿속에서 그런 심어가 은은하게 울렸다.

그의 심어가 패가수의 크나큰 죄스러움과 고마움을 일 푼 정도 감소시켜 주었으나 그것만으로도 숨통이 확 트이는 것만 같았다.

하지만 패가수는 자신의 경거망동 때문에 기개세가 얼마

나 피해를 입었는지 모르고 있다.

 단지 그가 주화입마를 이겨내고 다시 연공을 계속하고 있다는 사실을 막연하게 느끼고 있을 뿐이다.

 그것만으로도 패가수는 죽을 것 같았던 죄책감을 조금이나마 덜어냈다.

 이번 일로 패가수는 여러 가지 것을 뼈저리게 깨닫고 또 배웠다.

 그리고 그는 한 가지 매우 중요한 사실을 또 깨달았다.

 자신이 아주 조금씩 기개세를 닮아가고 있다는 사실이다.

 예전보다 조금 더 현명해지고, 진지해지고, 정의로워지고, 아량이 넓어지고, 삶을 소중하게 여기게 된 그 모든 것을 기개세에게서 배워가고 있다는 것을 깨달았다.

 단지 아주 조금 배워서 달라졌을 뿐인데, 예전의 그와 지금의 그는 전혀 다른 사람인 듯했다.

 그러나 한 가지 분명한 사실이 있다. 지금의 자신이 훨씬 더 좋다는 것이다.

 죽어도 예전으로는 돌아가고 싶지 않을 만큼 말이다.

"그게 사실이냐?"

 얼마나 놀랐는지 패가수는 자신의 앞에 무릎을 꿇고 있는 산추루의 어깨를 지나치게 힘을 주어 덥석 움켜잡았다.

"윽……."

산추루는 어깨가 박살 나는 고통으로 묵직한 신음을 흘리며 상체를 앞으로 무너뜨렸다.

패가수는 손을 떼며 초조한 얼굴로 다시 물었다.

"방금 한 말이 사실이냐?"

산추루는 자세를 바로 하면서 고통에 일그러진 얼굴로 겨우 대답했다.

"그… 렇습니다."

패가수는 망연자실한 표정으로 중얼거렸다.

"이반이 기어코 그 천벌 받을 저주의 마공을……."

서장에는 고대로부터 내려오는 하나의 전설이 있다.

이른바 '천마강림멸천하(天魔降臨滅天下)' 라는 것이다.

풀이하자면, '잠들어 있는 천마가 깨어나서 강림하면 천하를 멸망시킨다' 라는 뜻이다.

그리고 잠들어 있는 천마를 깨우는 비법이 있다고 했다. 하지만 그것은 어디까지나 현실하고는 동떨어진 전설이라고 알려져 있다.

그렇지만 패가수는 알고 있다. '천마강림멸천하' 는 단순한 전설이 아니라 언제든지 현실로 이루어질 수 있다는 사실을 말이다.

사실 그것은 잠들어 있는 천마를 깨우는 것이 아니라 사람이 '천마'가 되는 것이다.

삼라만상 천하의 모든 만물은 하나같이 양극(兩極)으로 이루어져 있다.

하늘이 있으면 땅이 있고, 물이 있으면 불이 있는 것처럼, 천지만물 중에서 양극이 아닌 것이 없다.

그와 같은 이치로 선(善)과 악(惡)이 있으며, 선의 절대자가 하늘의 천상제(天上帝)라면 악의 절대자는 천마(天魔)인 것이다.

'천마강림멸천하'는 바로 그 천마를 탄생시키는 전대미문의 사건인 것이다.

산추루는 패가수의 말을 듣고 의아한 표정을 지었다.

"저주의 마공이라니 무슨 말씀이십니까?"

패가수는 씹어뱉듯이 내뱉었다.

"소위 천마강림멸천하라고 하는 것이다."

전설에 대해서 알고 있는 산추루는 크게 놀라더니 곧 다시 의아한 표정으로 물었다.

"그것은 전설이 아닙니까? 천상황께서 잠들어 있는 천마를 깨운다는 뜻입니까?"

"아니다."

패가수는 신경질적으로 고개를 세차게 가로저었다.

"이반 스스로 천마가 되려는 것이다."

다시 만나다 153

"설마……."

산추루가 '천마강림멸천하'의 전설에 대해서 다른 서장인들처럼 알고 있는 것은 무리가 아니다.

패가수도 부친 율가륵이 말해주기 전까지는 그렇게만 알고 있었으니까.

천마를 깨우는 것이 아닌, 인간 스스로 천마가 되는 비법이 기록된 '천마경(天魔經)'은 패가수 가문에 대대로 전해져 내려왔었다.

"천마경이 이반에게 있을 줄이야……."

천마경에 의하면, 십 세 미만의 천 명의 여자아이와 천 명의 남자아이가 있어야지만 인간이 천마가 될 수 있다.

천 명의 여자아이와 천 명의 남자아이, 도합 이천 명의 살아 있는 펄떡펄떡 뛰는 뜨거운 심장을 꺼내서 터뜨려 피를 받아 모은다.

그리고 천마가 되려는 인간이 그 핏속에 들어가 비법에 따라 운공하면서 피의 정화를 깡그리 흡수하면 마침내 천마가 탄생하는 것이다.

조금 전에 산추루는 이반의 수하들이 얼마 전부터 어린아이들을 닥치는 대로 잡아들이고 있다는 보고를 했다.

그 말을 듣는 순간 패가수는 반사적으로 '천마강림멸천하'를 떠올린 것이다.

"그게 언제 일이냐?"

다급한 표정의 패가수가 빠른 어조로 물었다.

"죄송합니다. 보름쯤 전의 일입니다."

"이런……."

산추루는 오늘 딱히 그 사실을 말하려고 온 것이 아니라 이런저런 말을 하다가 우연히 나온 얘기였다.

만약 그가 천마를 탄생시키는 비법, 즉 천마경에 대해서 알고 있었다면 그 사실을 알게 된 즉시 패가수에게 보고했을 것이다.

"아, 보름 전이라면 이미……."

패가수는 온몸의 힘이 쭉 빠졌다. 이반의 성격을 누구보다도 잘 아는 그다.

이반은 뭐든지 한 번 시작하면 끝장을 보고야 말고, 또 번갯불에 콩 구워 먹듯이 순식간에 해치운다.

패가수는 힐끗 기개세의 뇌옥 쪽 벽을 쳐다보았다. 그는 어떨 때는 정신이 깨어 있고, 또 어떨 때는 주위에서 무슨 일이 일어나는지 까맣게 모르는 듯했다.

그가 패가수와 산추루의 대화를 들었는지 듣지 못했는지 알 수가 없다.

그러나 설혹 들었다고 해도 연공 중인 그가 무슨 뾰족한 방법이 있겠는가.

다시 만나다 155

방법이 없기는 패가수도 마찬가지다. 그는 철뇌옥에서 나갈 수는 있으나, 나간다고 해도 이반을 찾아내는 일이나 그에게 접근하는 일이 막막하기만 하다.

아니, 그를 찾아내서 접근할 수 있다고 쳐도 뭘 어떻게 해야 하는지 전혀 알지 못한다.

이반은 스스로 천마가 돼서 작금의 난국을 타개하려는 의도가 분명하다.

천마의 능력이 어느 정도인지는 패가수도 모른다. 아니, 아무도 모른다. 아직 천하에 천마가 출현한 적이 한 번도 없기 때문이다.

이반은 필시 다시 울제국 황제의 자리에 오르려고 할 것이고, 이후에는 천검신문과 중원 천하를 상대로 피의 축제를 벌이려는 것이 분명하다.

부친 율가륵은 말했다. 천마는 악의 시작이고 끝이며, 절대적 능력을 지니게 될 것이라고 말이다.

현재 패가수의 목적은 오로지 한 가지, 기개세를 추종하는 것뿐이다.

패가수에게 서장인으로서의 목적이나 사명감 같은 것은 사라진 지 오래다.

기개세를 만나고 그에게 생명의 은혜를 받고 깨어난 그 순간부터 패가수는 더 이상 서장인이 아니게 되었다.

패가수는 기개세를 믿는다. 그가 평정하게 될 천하가 한인에게나 서장인에게도 공평무사할 것이라고 말이다.

그러나 설혹 기개세가 서장인들에게 공평하지 않더라도 그를 등지지 않을 각오다.

왜냐하면, 기개세는 패가수가 유일하게 존경하는 사람이기 때문이다.

철커덩!

산추루가 물러간 지 반 시진쯤 지났을 때 철뇌옥의 철문이 거칠게 열리는 소리가 들렸다. 평소 같은 철문 여는 소리가 아니라 부수는 듯한 소리다.

"주, 주군!"

달려오면서 다급히 외치는 목소리는 분명히 조금 전에 나간 산추루였다.

단정하게 앉아서 골똘히 생각에 잠겨 있던 패가수는 그 순간 불길함이 확 엄습했다.

그는 산추루를 잘 안다. 웬만한 일로는 저렇게 허둥지둥할 수하가 아니다.

"큰일 났습니다!"

산추루는 패가수의 뇌옥 앞에 당도하기도 전에 소리부터 질러댔다.

그는 뇌옥 철문을 열자마자 구르는 것처럼 달려들어 와 무릎을 꿇었다.

이어서 벌겋게 상기된 얼굴로 두서없이 말을 쏟아냈다.

"남궁산이 떠났습니다! 조금 전에 올라가 보니까 아무래도 성 안이 이상해서 부총군주와 함께 둘러보았는데… 아무도 없습니다! 남궁산도 울전대도 모두 감쪽같이 증발했습니다! 자금성은 텅 비었습니다!"

"……."

패가수는 말을 잃었다. 과연 산추루가 정신을 차리지 못할 정도로 엄청난 일이다.

'남궁산이 울전대를 이끌고 떠나다니… 도대체 어디로 갔다는 말인가? 그리고 무엇 때문에…….'

항세검을 지니고 울전대를 휘하에 둔 남궁산이 느닷없이 자금성을 떠난 이유가 무엇인지 떠오르는 것이 없다.

속으로 중얼거리던 패가수는 문득 떠오르는 것이 있어서 급히 물었다.

"다나는?"

산추루의 얼굴이 참담하게 변하는 것을 보고 패가수는 하늘이 무너지는 충격을 받았다.

"없어졌느냐? 남궁산이 데려간 것이냐?"

산추루는 고개를 떨어뜨린 채 겨우 대답했다.

"남궁산이 소저를 데려갔는지는 모르지만… 속하들이 소저의 거처로 달려갔을 때에는 계시지 않았습니다."

"이런 죽일 놈!"

분노로 일그러진 패가수의 입에서 불길 같은 노성이 터져 나왔다.

그는 벌떡 일어나 뇌옥 안을 오락가락 걸으면서 분노와 당황함이 교차하는 얼굴로 어쩔 줄을 몰랐다.

하지만 그는 오래지 않아서 한 가지 현실적인 상황에 직면했다. 한시바삐 이곳을 떠나야만 한다는 사실이다.

남궁산이 자금성을 떠났다는 사실이 알려지면 그 즉시 이반이 들이닥칠 것이기 때문이다.

남궁산은 기개세와 패가수에게 지독한 짓을 했으나 이반에 비하면 아무것도 아니다.

이반이 철뇌옥에 있는 기개세와 패가수를 발견하면 무슨 일이 벌어질지 상상하는 것조차 싫을 정도다.

모르긴 해도 지금보다 훨씬 최악의 상황이 벌어질 것만은 분명할 터이다.

'일단 이곳을 나가야 한다. 그 후에 남궁산의 흔적을 쫓으면 될 것이다.'

일단 그런 결정을 내린 패가수는 서둘러서 기개세의 뇌옥으로 달려갔다. 그의 머리에서는 다나에 대한 생각이 떠나지 않았다.

 그러나 그는 곧 난감한 상황에 부닥쳤다. 연공을 하고 있는 기개세의 육신을 건드릴 수 없기 때문이다.

 그를 또다시 주화입마에 빠지게 하는 것은 상상하기조차도 싫은 일이다.

 패가수는 어떻게 할지를 몰라 서성거리면서 기개세를 굽어보았다.

 산추루는 패가수와 기개세의 관계에 대해서는 잘 모르지만, 패가수가 그를 소중하게 여기고 있다는 사실만은 짐작하고 있었다.

 [나를 안고 이곳을 나가게.]
 그때 패가수의 머릿속에서 기개세의 심어가 울렸다.

 그러자 패가수는 기쁜 표정을 지었다. 그러나 곧 염려스러운 생각이 들었다. 기개세의 몸에 손을 대도 괜찮겠는가 하는 것이다.

 [나를 내다 버리지만 않는다면 내게 손을 대도 괜찮네.]
 패가수는 기개세가 상대의 생각까지 읽을 수 있다는 사실에 움찔 놀랐다. 하지만 기개세의 심어에 적잖이 안심이 됐다.

 그는 그 즉시 기개세의 몸을 조심스럽게 안고 철뇌옥 입구로 바람처럼 달렸다.

철문을 나선 그는 한시가 급한 와중에도 송광에게 깨끗한 옷 한 벌을 달라고 해서 기개세에게 입히고는 다시 그를 안고 계단을 달려 올라갔다.

동쪽 하늘이 부옇게 밝아오고 있는 이른 새벽녘에 패가수는 자금성에서 나왔다.
실로 얼마 만에 맛보는 싱그러운 자유인가. 하지만 그것을 오래 느껴볼 여유도 없다.
막상 자금성 밖으로 나오고 나니까 어디로 가야 할지 막막해졌기 때문이다.
토벌총군이 있는 북경성 밖의 위치는 이반도 알고 있기 때문에 갈 수가 없다.
패가수 자신의 저택인 대황저나 그 밖의 몇 개 갖고 있는 장원들도 다 노출되어 있는 상황이다. 그렇다고 잘 알고 있는 누군가의 집이 있는 것도 아니다.
마땅히 갈 곳이 없지만 패가수는 멈추지 않고 텅 빈 거리를 계속 전력으로 달렸다. 되도록 자금성에서 멀어져야 한다는 생각에서다.
그러면서 그는 자신이 갈 곳이 없다는 사실 때문에 지독한 허탈감에 사로잡혔다.
또한 자신이 아무것도 아닌 존재처럼 여겨졌다. 어느 날 갑자기 자신이 죽어버리면 세상에 아무런 흔적도 남아 있지 않을 것이라는 생각이 들었다.

뒤따르고 있는 두 사람, 산추루와 토벌부총군주 여파락도 갈 곳이 없기는 마찬가지다.

패가수의 심복들은 주군을 닮아서 자신의 임무 외에는 신경을 쓰지 않는 외골수들이다.

그러나 패가수가 막다른 길에 처했을 때마다 숨통을 트게 해주는 기개세의 배려가 이번에도 그를 살렸다.

[내가 머물던 거처로 가세.]

  *　　　*　　　*

벌떡!

"앗!"

기개세에 대한 생각 때문에 뒹굴대다가 새벽녘에야 간신히 잠이 들었던 아미와 독고비는 잠든 지 한 시진 만에 동시에 벌떡 상체를 일으키며 탄성을 터뜨렸다.

두 여자는 서로의 얼굴을 쳐다보았다. 그녀들의 얼굴은 더없는 환희로 물들어 있었다.

그녀들은 방금 전에 똑같은 꿈을 꾸었다. 물론 그것은 꿈이 아닌 기개세가 보낸 영감이었다.

"아아, 그이가 돌아와요."

"어서 나가요, 우리."

두 여자는 침상에서 나와 잠옷을 입은 채 손을 맞잡고 부리나케 방을 뛰쳐나갔다.

방문 밖에 우뚝 서 있던 진운상의 얼굴에는 의혹과 기쁨이 뒤섞인 채 떠올라 있었다.

진운상과 유정, 오통은 돌아가면서 하룻밤씩 아미와 독고비의 방을 호위하고 있다. 두 여자가 천신기혼을 잃어 보통 여자나 다름이 없는 상태이기 때문이다. 그리고 지난밤은 진운상의 순번이었다.

그는 방금 전에 아미와 독고비가 방 안에서 나누는 대화를 분명히 들었다.

'그이라니? 설마 주군께서?'

거기까지 생각한 진운상은 더 이상 생각할 것도 없다는 듯 즉시 아미와 독고비의 뒤를 따랐다.

* * *

기개세가 일러준 대로 곧장 달려가던 패가수는 어느덧 동풍장에 당도했다.

한줄기 바람처럼 담을 뛰어넘은 그는 동풍장 안쪽 아래로 하강하다가 움찔했다.

그가 하강하고 있는 곳, 즉 정원 한가운데에 두 명의 여자가 허공을, 아니, 패가수 자신을 바라보며 나란히 서 있는 것을 발견했기 때문이다.

패가수가 보기에 두 여자는 잠옷을 입고 있는데 잠에서 막 깬 모습이다.

그런데도 불구하고 눈이 번쩍 뜨일 정도의 미인이다. 평소 여자에 대해서는 무덤덤한 성격인 패가수마저도 그녀들의 미모에 놀랄 정도였다.

패가수는 두 여자 앞에 추호의 기척도 없이 내려섰다. 일부러 그녀들 앞에 내려선 것이 아니라 원래 그곳에 내려서려고 했었다.

패가수 뒤 양쪽에 산추루와 여파락이 돌덩이처럼 굳은 긴장된 얼굴로 뒤따라 내려섰다.

순간 두 여자, 아미와 독고비가 폭포처럼 눈물을 쏟으면서 패가수에게 달려들었다.

"대가."

"여보."

패가수는 움찔 놀라 한 걸음 뒤로 물러섰다. 그러나 아미와 독고비는 그를 지나치자마자 그가 업고 있는 기개세를 양쪽에서 와락 끌어안으면서 마구 얼굴을 비비며 몸부림치면서 흐느껴 울었다.

 그제야 패가수는 그녀들이 기개세의 여자라는 사실을 깨닫고 긴장을 풀었다.

 예전 대명국 남창성에서 패가수가 기개세에게 붙잡혔을 때 기개세 곁에 서 있는 아미와 독고비를 본 적이 있지만 경황 중이라서 잘 생각나지 않았다.

 아미와 독고비는 아무 말도 하지 않고 기개세의 몸을 꼭 안은 채 뺨을 비비고 그의 몸을 어루만졌다.

 그녀들은 아무 말도 하지 않지만 기개세하고 영감으로 교감하고 있는 중이다.

 기개세와 두 여자에게는 그런 행동이 성스러운 의식 같은 것이다.

 기개세는 철뇌옥을 떠날 때 잠시 연공, 즉 천신지공을 멈추어둔 상태다.

 패가수는 기개세를 업은 채 어정쩡하게 서서 꼼짝도 하지 않았다.

 그는 두 여자의 나직한 흐느낌과 그녀들이 가늘게 몸을 떨고 있는 것을 느끼면서 그녀들이 얼마나 기개세를 사랑하고 있는지 짐작할 수 있었다.

 또한 업고 있는 기개세의 심장이 쿵쿵 힘차게 뛰고 있는 것을 등으로 생생하게 느끼면서 기개세 역시 그녀들 못지않게

다시 만나다

격렬한 감정이 되었음을 깨달았다.
 문득 패가수는 남궁산이 끌고 간 다나가 생각이 났다. 그리고 그녀를 다시 만나게 되면 자신도 이들 세 남녀처럼 숨이 끊어질 것처럼 기뻐할 것이라고 생각했다.

第百六十五章
다섯 아내

대사부

기개세와 아미, 독고비의 해후는 길지 않았다.

아미와 독고비는 기개세를 지하 연공실로 옮겼다.

하지만 그녀들은 천신기혼을 깡그리 잃은 상태라서 그를 직접 옮길 힘이 없었다.

설혹 그녀들에게 그럴 만한 힘이 있었다고 해도 패가수에게서 기개세를 뺏는 것은 쉽지 않았을 것이다.

패가수는 끝까지 기개세를 업고 지하 연공실에 편안하게 눕히고 나서도 그곳을 나오려고 하지 않았다.

그는 철뇌옥에서 그랬던 것처럼 자신이 기개세 곁에서 지키고 있기를 원했다.

아미와 독고비 역시 기개세 곁에서 절대 떨어지지 않으려고 했다. 천신만고 끝에 그를 다시 만났으니 그러는 것도 무리가 아니다.

그녀들은 연공실 바닥에 두툼하고 푹신한 모피를 깔고 그 위에 기개세를 눕혔는데, 그의 양쪽에 앉아서 그의 몸을 어루만지고 쓰다듬으면서 떨어질 줄을 몰랐다.

언제나 그랬던 것처럼 이 상황에서도 아미의 현명함이 사태를 해결했다.

그녀는 현재 기개세가 어떤 상황이라는 것을 한눈에 간파했다. 그래서 그가 천신지공을 원활하게 진행할 수 있도록 최상의 조건을 만들어줘야 한다고 판단했다.

"비매, 우리 그만 나가요."

독고비에게는 구태여 육성으로 말하지 않아도 되지만, 아미는 지금 상황의 엄중함을 강조하기 위해서 입을 열어서 말하며 몸을 일으켰다.

이어서 아미는 기개세 옆에 단정하게 무릎을 꿇고 앉아 있는 패가수를 굽어보았다.

"당신도 나가도록 해요."

"나는……."

패가수는 절대 기개세 곁을 떠나지 않겠다는 각오를 역력하게 얼굴에 떠올린 상태에서 아미를 쳐다보며 무엇인가 말을 하려다가 말을 잇지 못했다.

아미의 얼굴을 보는 순간 패가수는 기묘한 기분에 사로잡히고 말았다.

기개세를 위한다면 반드시 그녀의 말을 들어야만 할 것 같은 그런 느낌이었다.

아니, 그것보다도 그녀의 말에 따르지 않는 것은 매우 잘못이라는 느낌이 강하게 들었다.

동풍장 내의 어느 넓은 실내에는 아미와 독고비, 진운상과 유정, 오통, 통박당의 다섯 명, 그리고 패가수 등이 모여 있었다.

오래전에 대정숙에서 가슴 벅찬 기대를 안고 결성됐던 팔대명왕은 네 명이 죽고 이제 기개세를 포함하여 네 명밖에 남지 않았다.

둥글고 커다란 탁자 앞에 아미와 독고비가 나란히 앉아 있고 다른 사람들은 모두 서 있었다.

패가수는 한쪽에 뚝 떨어져서 혼자 서 있다. 그가 아무리 기개세를 따르기로 굳게 결심했다고 해도 천검신문 사람들하고는 아직 풀리지 않은 여러 가지 문제와 원한이 남아 있는 상태다.

아니, 천검신문 사람들에게 패가수는 명백한 적이다. 천상황 이반의 친동생인 동시에, 그동안 천검신문을 상대로 많은 싸움을 벌였던 그가 아닌가.

아미와 독고비를 제외하고는 모두들 패가수가 왜 이곳에 있는 것인지 이유를 모르고 있다.

그럴 만한 이유가 있을 것이라고 짐작은 하지만, 그래도 패가수를 쳐다보는 천검신문 사람들의 눈빛은 적개심으로 일렁이고 있었다.

하지만 진운상은 패가수가 기개세를 업고 온 것을 직접 목격했다.

그 한 가지 사실만으로도 진운상은 패가수에게 단 한 올의 적의도 느끼지 않게 되었다.

그 정도로 진운상은 기개세를 존경하고 또 그의 안위를 걱정하고 있었기 때문이다.

"모두들 앉아요."

이윽고 아미가 조용히 입을 열자 사람들은 무척 조심스러운 동작으로 탁자에 둘러앉았다.

그녀는 기개세의 첫 번째 부인, 즉 대부인이다. 기개세가 부재중일 때에는 그녀가 천검신문의 최고 지도자이다.

꼭 신분 때문만이 아니라, 그녀는 최고 지도자로서 손색이 없는 사람이다.

모두 탁자에 둘러앉았으나 패가수는 여전히 한쪽에 묵묵히 서 있었다.

앉으랬다고 냉큼 앉을 정도로 그는 넉살이 좋은 편이 아니다. 또한 어디에 앉을지도 모르는 상황이다.

둥근 탁자의 한쪽에 아미와 독고비가 나란히 앉아 있고, 다른 사람들은 그녀들과 두세 자리쯤 떨어져서 마주 보는 형태로 앉아 있다.

아미는 패가수를 향해 손을 뻗으며 말했다.

"패가수 상공, 이리 와서 앉으세요."

그녀의 말에 독고비를 제외한 모두들 적잖이 놀란 표정을 지었다. 그녀가 패가수의 이름을 스스럼없이 친근하게 불렀기 때문이다.

그렇지만 그것이 패가수에게 큰 힘이 돼주었다. 그는 이런 미묘한 상황을 처음 겪어보고 또 누군가 자신에게 이렇게 정답게 대해주는 것이 다나 외에는 처음이라서 조금 당황스러우면서도 가슴이 훈훈해졌다.

더구나 아미는 자신의 옆자리를 가리켰다.

"당신이 대가에게 큰 힘이 돼주었던 때부터 당신은 우리의 가족이 되었어요. 그러니까 이제부터는 항상 제 옆에 앉도록 하세요."

그녀의 다정한 말에 패가수의 눈빛이 가벼이 흔들리고 뺨이 씰룩거렸다.

아미의 따스한 배려는 전장에서 잔뼈가 굵은 이 철석간담 사내의 굳건한 마음을 녹이기에 부족함이 없었다.

패가수는 가볍게 고개를 숙여 보이고는 아미가 가리킨 의자에 절도있는 동작으로 앉았다.

아미는 대부인다운 우아함과 기품으로 모두를 천천히 둘러보면서 말문을 열었다.

"대가께서 그런 참혹한 일을 겪었다는 사실은 모두들 잘 알고 있을 거예요."

여기에 있는 모두들 그 억수같이 장대비가 쏟아지던 날에 기개세가 두 눈과 혀가 뽑히고 손목, 발목, 남근이 잘린 처참한 모습으로 자금성 성루에 효시되었던 광경을 똑똑히 목격했다.

그리고 모두들 피눈물을 흘리면서 절망의 나락으로 떨어졌고 또 복수를 다짐했었다.

아미는 패가수를 가리키며 말을 이었다.

"여기에 계신 패가수 상공께서 그동안 대가를 극진히 돌보셨어요. 패가수 상공이 아니었으면 대가께선 무슨 일을 당하셨을지 몰라요. 그리고 패가수 상공은 끝내 대가를 모시고 우리에게 오셨어요."

"아······."

"그런 일이……."

모두의 입에서 탄성이 흘러나오고 얼굴에는 감동과 격렬한 감사의 표정이 가득 떠올랐다.

그때 아미와 독고비가 일어나 패가수를 향해 포권을 하면서 공손히 허리를 굽혔다.

"상공의 은혜에 진심으로 감사드려요."

그러자 다른 사람들도 모두 일어나 진심에서 우러나오는 예를 취했다.

"상공의 은혜에 감사드립니다!"

패가수는 당황한 얼굴로 일어나 손을 저었다.

"이러지 마시오."

그는 진지한 표정으로 사람들을 둘러보면서 말했다.

"나를 진정 가족으로 생각한다면 이러지 마시오."

그의 말은 가족이란 고마움은 느낄지언정 이런 식의 예를 취하지 않는다는 뜻이다.

또한 패가수 자신이 이곳의 가족이 되고 싶다는 속내를 드러낸 것이기도 하다.

서글서글한 성격의 독고비가 패가수의 말을 받았다.

"패가수 상공의 말은 백번 지당해요. 우리가 실수했어요."

그녀는 희고 긴 손가락 하나를 세워 보이면서 다짐을 주는 것을 잊지 않았다.

"그 대신 패가수 상공이 얼마나 우리를 가족처럼 대하는지 두고 보겠어요."

패가수는 씁쓸한 표정을 지었다. 그는 사내 중에서도 사내다운 인물이라서 가족이 됐다고 해서 곧바로 곰살맞게 구는 행동 같은 것을 하지 못한다.

"여러분에게 해줄 말이 있소."

그는 이들에게 남궁산과 이반에 대한 것을 알려주고 한시바삐 거기에 대한 대비책을 세워야 한다는 생각에서 본론부터 꺼냈다.

"더 부드럽게."

독고비가 아미의 손을 잡고 자리에 앉으면서 주문을 했다.

패가수는 제 딴에는 얼굴 표정과 목소리에 최대한 신경을 쓰면서 말을 이었다.

"작금의 상황에 대한 중요한 얘기이니 듣고 대책을 세우기 바라오."

"목소리에 힘 빼고,"

독고비가 헤살헤살 미소 지으면서 다시 제동을 걸었다.

패가수는 말 잘 듣는 아이처럼 즉시 목소리에 힘을 빼고 계속 말을 이었다.

"태문주를 저 지경으로 만든 자는 남궁산이오."

그의 말투는 독고비가 주문하는 대로 나오지 않았다. 그런데도 독고비는 아무 말도 하지 않았다. 패가수의 말하는 내용이 너무 충격적이었기 때문이다.

패가수가 다시 말을 잇기 전에 옆에 앉은 진운상이 그의 팔을 잡아끌었다. 앉아서 얘기하라는 뜻이다.

진운상은 패가수가 자신과 많이 닮았다는 것을 느꼈다. 만약 패가수가 중원의 명문정파에서 태어나 지금의 나이가 되었다면 진운상 자신과 매우 흡사한 성격이나 분위기를 지녔을 것이라는 생각이다.

이후 패가수는 자리에 앉아서 그동안 자금성에서 있었던 일들을 하나씩 차근차근 설명하기 시작했다.

* * *

부글부글.

액체가 거품을 일으키면서 끓고 있다.

찐득한 액체는 무쇠로 만든 집채만큼 거대한 솥 안에 담겨 있으며, 수증기가 피어올라 실내에 자욱하게 퍼져 있었다.

그런데 수증기가 붉은색이다. 또한 음산하게 칙칙한 기운을 머금고 있다.

그리고 수증기가 부유하는 허공 곳곳에 주먹만 한 크기의 거품, 즉 방울들이 둥둥 떠 있다.

하나의 핏빛 거품 방울 안에는 하나의 얼굴이 들어 있다. 허공에 떠 있는 방울은 수천 개이고, 그 속에 들어 있는 얼굴도 수천 개였다.

그 얼굴들은 하나같이 십 세 이하의 어린 소년과 소녀의 모습을 하고 있다.

또한 모두들 겁에 질린 표정으로 눈물을 흘리던가 비명을 지르고 있다. 물론 비명 소리는 거품 방울 밖으로 새어 나오지 않았다.

스으으······.

실내 곳곳에서 벌레가 풀잎을 갉아먹는 듯한 미세한 소리가 흘러나오고 있었다.

그것은 수증기가 닿은 천장과 벽이 조금씩 녹아서 액체가 되어 흘러내리는 소리였다.

이곳 제법 넓은 실내에는 아무도 없고 한가운데 놓인 무쇠로 만든 커다란 솥 하나뿐이다.

솥 아래쪽에서 불을 때는 것도 아닌데 솥 안의 시뻘건 액체는 저절로 끓고 있었다.

부그르르.

솥 안의 액체는 시간이 흐를수록 더욱 거세게 끓었다. 그러나 한 방울도 솥 밖으로 넘치지 않았다. 다만 수증기만 짙게 뿜어내고 있다.

그리고 수천 개의 거품 방울 속에 갇힌 어린 소년 소녀들의 얼굴이 공포에 질린 표정으로 핏빛 수증기 속 허공을 둥둥 떠다니고 있을 뿐이다.

사실 그 시뻘건 액체는 사람의 피다. 그것도 어린 소년 소녀들의 신선한 피다.

그런데 한순간, 미친 듯이 끓어대던 솥 안의 붉은 액체, 즉 피가 갑자기 잠잠해졌다.

그리고는 실내를 가득 메운 허공의 수증기가 아주 짧은 시간에 솥 안의 피 속으로 모조리 빨려들었다.

하지만 거품 방울들은 그대로 실내 허공에 떠 있는 상태다. 다만 움직임을 멈추고 정지해 버렸다.

모든 것이 정지했고, 또 고요해졌다. 넓은 실내 한복판에 커다란 무쇠솥만 덩그러니 놓여 있다.

다만 홍무에 닿은 벽면과 천장이 흐물흐물 녹아서 흘러내리고 있을 뿐이다.

우우우······.

그때 솥이 미약하게 진동하기 시작했다.

웅웅웅······.

진동은 점차 거세지더니 커다란 범종이 울리는 듯한 웅혼한 소리를 발출했다.

쩌쩡—!

순간 솥이 큰 소리를 내는 것과 동시에 단번에 박살이 나며 수천 조각으로 쪼개져서 사방으로 흩어졌다.

쿠아앗!

그 순간 돌연 천장이 뻥 뚫리면서 솥 크기 정도의 둥글고 시뻘건 빛기둥이 뿜어졌다.

빛기둥이 솥에서 뿜어진 것인지 아니면 하늘에서 천장을 뚫고 내리꽂힌 것인지 알 수가 없다.

그러나 굵고 시뻘건 핏빛의 빛기둥은 솥과 천공을 하나로 연결시켰다.

또한 솥이 박살 났으나 솥 안에 있던 붉은 액체는 그대로 솥의 형태를 유지하고 있었다.

실내 허공에 떠 있는 수천 개 거품 방울 속의 소년 소녀들이 두 눈과 입을 크게 벌리며 처절한 비명을 질러댔다. 하지만 비명 소리는 조금도 들리지 않았다.

쿠쿠우우…….

천공과 일직선으로 이어진 빛기둥이 점점 더 강렬한 혈광을 뿜어내더니 마침내 태양처럼 변했다.

그런데 조금도 눈부시지 않았다. 그토록 엄청난 빛을 발산하고 있는데도 일체의 눈부심이 없었다.

그것은 마치 뜨겁지 않은 태양 같았다. 외려 만지면 손이 얼어버릴 것 같은 차디찬 뜨거움 같은 것이다.

거품 방울 속의 소년 소녀들 얼굴이 일그러지면서 핏빛으로 새빨갛게 물들었다.

빛기둥의 눈부시지 않은 광채와 뜨겁지 않은 열기가 어느 한순간 극에 달했다.

그리고는 폭발했다. 하지만 일체의 섬광도 굉음도 나지 않았다. 단지 폭발했을 뿐이다.

빛기둥도 사라지고, 수천 개의 거품 방울도 사라졌으며, 깨진 솥 안에 원형을 유지한 채 있던 붉은 액체마저도 한 방울도 남기지 않고 씻은 듯이 사라져 버렸다.

다만 어디에서 나타났는지 붉은 액체가 있던 자리에 한 사람이 우뚝 서 있었다.

그는 실오라기 한 올 걸치지 않은 알몸이며, 온몸이 차가운 핏빛으로 은은하게 빛나는 사람이다.

머리카락에서 발끝까지 온통 빛나지 않는 핏빛이다.

사실 그는 어디에선가 나타난 것이 아니라 처음부터 솥 안에 앉아 있었다. 즉, 핏물 속에 온몸을 담근 채 앉아 있었던 것이다.

그가 천천히 눈을 떴다.

츠으읏!

순간 두 눈에서 역시 차가운 혈광이 무시무시하게 뿜어졌다. 그것은 무엇이든 꿰뚫고 부수고 집어삼킬 듯한 가공할 눈빛이었다.

그러나 혈광은 찰나지간에 사라지고 그 자리에 핏물이 뚝뚝 떨어질 것 같은 두 눈이 자리를 잡고 있다. 동공도 자위도 모두 핏빛이다.

그의 입이 슬쩍 일그러지면서 흐릿한 미소가 지어졌다.

"흐흐흐… 성공이다."

악마의 미소를 짓고 있는 입속의 가지런한 치아도 새빨간 핏빛이다.

"쿠후후후."

그는 어깨를 들먹이며 흡족한 웃음을 흘렸다.

"크핫핫핫핫! 마침내 나 이반이 천마가 되었다!"

꽈르르릉!

웃음소리에 사방의 벽과 천장이 가루로 화해서 먼지처럼 흩어져 날아갔다.

"쿠캇캇캇캇-! 이제 천하를 내 발아래 굴복시킬 것이다!"

꽈꽈꽝! 꽈르릉!

이곳은 어느 이름 모를 산의 정상이다.

그곳에 꽤 넓은 지역 한복판에 지어져 있던 집 한 채가 조금 전의 광소성에 박살 나서 흔적도 없이 사라지더니, 지금의 더 큰 광소성에는 주변의 모든 바위와 나무들이 박살 나고 뿌리째 뽑혀서 소용돌이를 일으키며 야공으로 멀리 흩날려 올라갔다.

"쿠캇캇캇캇캇—!"

쿠쿵콰쾅! 꽈르릉!

광소성은 점점 더 커지고, 이제는 봉우리가 위에서부터 붕괴하기 시작했다.

순간 무너져 내리는 봉우리에서 한줄기 핏빛 혈광이 긴 포물선을 그으면서 산 아래를 향해 쏘아갔다.

쿠르릉! 쿠쿵쿵!

혈광이 아스라이 멀어지고 있는 사이에 봉우리는 조각조각나면서 완전히 무너져 내렸다.

* * *

자금성이 비어 있다.

남궁산이 어느 날 갑자기 자금성을 떠난 후 보름이 지난 현재까지 아무도 자금성에 입성하지 않았다.

아미와 독고비, 패가수 등은 당연히 이반이 자금성에 들이닥칠 것이라고 예상했으나 빗나가고 말았다.

중원은 여전히 울제국이 지배하고 있으나, 황제가 자금성에 없는 것이다.

하지만 그 사실을 알고 있는 사람은 그리 많지 않다.

자금성은 굳게 문을 닫은 채 지난 보름 동안 한 번도 열리지 않았다.

단 한 명의 방문객도 받지 않았으며 일상에 필요한 물건조차 들이지 않았다.

천하의 중심 자금성은 주인을 잃은 채 내일을 맞이하고 있었다.

아미와 독고비, 패가수는 하루에도 몇 번씩이나 지하 연공실까지 내려갔다가 다시 올라오기를 반복했다.

아미와 독고비는 기개세가 너무 보고 싶기 때문이고, 패가수는 그가 걱정되기 때문이다.

두 여자는 자금성이야 어찌 되든, 당금의 천하 정세가 어떻든지 추호도 상관하지 않고 오로지 기개세를 보고 싶다는 일편단심뿐이다.

그러나 패가수는 다르다. 제일 시급한 일이 남궁산을 찾아내서 다나를 구하는 일이다.

그래서 여파락에게 명령하여 남궁산을 찾는 일에 총력을 기울이도록 했으나 보름이 지난 현재까지도 아무런 소득이 없는 상태다.

남궁산뿐만이 아니라 이반의 행적도 묘연하다. 그에게 충성하기로 맹세한 칠군대도독과 재상을 비롯한 삼십 명은 그대로 북경성에 남아 있고, 울고수나 울군사들도 이동없이 제자리를 지키고 있는 상황이다.

그런데 이반과 신삼별조만 감쪽같이 사라져 버렸다. 패가수가 아무리 궁리를 해봐도 그들이 갈 만한 곳이 떠오르지 않았으며, 수하들을 풀어서 백방으로 찾아봐도 흔적조차 발견되지 않았다.

자금성을 중심으로 한 중원천하는 너무도 조용하다. 그래서 소름이 끼칠 지경이다.

현재 패가수로선 할 수 있는 데까지 전력을 다했다. 그가 할 수 있는 일이라고 해봐야 남궁산과 이반의 행적을 찾고 천하의 상황을 파악하는 것 정도다.

지금 그는 지하 연공실로 향한 계단을 착잡한 심정으로 내려가고 있는 중이다.

오늘 벌써 세 번째다. 두 번이나 지하 연공실 입구까지 갔다가 한참 동안 서 있다가 돌아왔다.

아마 이번에도 필경 그럴 것이다. 하지만 방에 가만히 있을 수가 없었다. 가서 되돌아오더라도 무작정 지하 연공실까지 내려가 보는 것이다.

패가수는 기개세를 만나면 뭔가 실마리가 풀릴 것이라고 생각하고 있다.

철뇌옥에서도 그랬다. 패가수가 죽어가고 있을 때나 위기에 처했을 때, 그리고 막다른 길에 몰렸을 때마다 기개세가 숨통을 터주었다.

예전의 패가수는 누구에게 의지한 적이 없었다. 모르면 모르는 대로, 부족하면 부족한 대로 행동했다.

그래서 운이 좋으면 성공을 하고 그렇지 못할 때는 실패의 쓴맛도 보았다.

그러나 기개세를 만나고 나서는 달라졌다. 패가수가 난관에 부딪쳐서 도저히 손을 쓸 수 없는 지경에 이른 상황에서도 기개세는 아무렇지도 않게 그것을 해결했다. 예전 같았으면 패가수는 그런 상황에서 포기했을 것이다.

이러다가는 패가수가 무슨 일이든 기개세에게 의지하는 습관이 생길지도 모른다.

하지만 어쩔 수 없는 일이다. 패가수가 하면 실패하거나 절망에 빠지는 일도 기개세가 하면 거뜬히 성공을 하기 때문에 의지할 수밖에 없는 것이다.

다나의 일이나 남궁산, 이반의 일은 너무 중요해서 어설프게 손을 댔다가 실패를 하면 큰일이다. 그래서 기개세의 도움이 필요한 것이다.

물론 도움을 받기 전에 패가수는 자신이 할 수 있는 한 최선을 다했다.

"……!"

계단을 다 내려와서 모퉁이를 막 돌아서던 패가수는 걸음을 멈추었다.

굳게 닫혀 있는 연공실 석문을 마주하고 아미와 독고비가 나란히 무릎을 꿇고 앉아 있는 뒷모습을 발견한 것이다.

무공이 없는 그녀들은 패가수가 뒤에 서 있다는 사실을 모른 채 석문만 뚫어지게 바라보고 있었다.

너무도 보고 싶고 그리운 나머지 언제 나올지 모르는 기개세를 기다리고 있는 것이다.

패가수는 두 여자의 그런 모습을 보면서 자신도 모르게 흐뭇한 미소를 지었다.

그는 그녀들이 과거에 어떤 신분이었는지 자세히 모른다. 단지 기개세의 두 명의 부인으로서 무공을 모르고 있는 것이라고만 알고 있다.

하지만 천검신문 태문주의 부인들로서 참으로 잘 어울리는 여자들이라는 생각이 들었다.

아미는 현숙하고 통솔력이 있으며 자비롭고, 독고비는 직설적이고 시원시원한 성격이다.

죽을 때까지 기개세 곁에 머물기로 한 패가수에게 있어서 그의 부인들의 됨됨이는 그냥 넘어가기 어려운 중요한 부분이라고 할 수 있다.

그런 점에서 그는 아미와 독고비가 무척 마음에 들었다. 그래서 앞으로도 별문제가 없을 것이라는 생각이다.

 기개세가 자금성에서 변을 당했다는 소식을 듣고 대명국에 주둔하고 있던 천검신문 휘하의 백만에 가까운 고수들이 대거 북경성을 향해 진격을 했었다.

 그리하여 닷새 전에 북경성 동쪽 오백여 리 지점까지 당도하여 진을 쳤다.

 그때 천검신문의 여러 우두머리, 즉 천검총군주를 비롯한 천검육군주와 천검사무영대 우두머리들이 이곳 동풍장에 선발대로 먼저 도착해서 아미와 독고비에게 당장 자금성을 공격하자고 기세등등하게 목소리를 높였었다.

 그러나 아미는 기개세가 무사히 돌아왔으며, 지금은 그가 연공을 무사히 마치는 것이 급선무이므로 자금성 공격은 불가하다고 잘 다독여서 모두를 대명국으로 돌아가도록 명령했다.

 패가수는 우두머리들이 기세등등할 때는 당장에라도 자금성을 공격하고 울제국과 전쟁이라도 벌어질 줄 알았다.

 그런데 아미의 설득에 그들이 뜻을 접고 공손히 물러가자 패가수는 그녀의 진면목을 본 것 같아서 자못 존경하는 마음마저도 우러났다.

 그는 기개세의 부인이 다섯 명 있다는 사실만 알고 있을 뿐이지 그녀들 각각에 대해서는 잘 모르고 있다.

다만 독고비가 천불지도의 불도주이고, 소옥군이 강남천궁, 나운상이 강북천봉이라고만 어렴풋이 알고 있다.

패가수는 굳게 닫혀 있는 석문을 쳐다보았다. 기개세의 연공은 아직도 진행 중인 듯했다.

그는 묵묵히 계단 쪽으로 몸을 돌렸다.

그 순간 느닷없이 허공을 쩽쩽 울리는 호통 소리와 파공성이 동시에 울렸다.

차창!

"패가수 이놈! 여기가 어디라고!"

"조심해요, 언니들! 놈이 암습하려고 해요!"

패가수가 급히 몸을 돌려 쳐다보자 두 명의 아름다운 여자가 검을 뽑아 들고 무섭게 공격해 오고 있었다.

그는 그녀들이 누군지는 알지 못하지만 아미와 독고비를 언니라고 부른 것으로 미루어 기개세의 또 다른 부인일 것이라고 추측했다.

두 여자, 즉 나운상과 소랑의 공격은 혀를 내두를 정도로 매서웠다.

기개세에 의해서 생사현관의 소통과 벌모세수, 환골탈태가 이루어져서 절정고수의 반열에 오른 그녀들의 합공이므로 위력이 어느 정도인지 짐작할 수 있다.

패가수는 아미와 독고비를 보면서 생각에 잠겨 있느라 정신을 팔고 있어서 나운상과 소랑이 기척없이 내려오는 것을 감지하지 못했다.

그는 감히 방심하지 못하고 순간적으로 번쩍 신형을 솟구쳐서 등을 천장에 붙이는 듯하다가 두 여자의 뒤쪽으로 기척없이 내려섰다.

두 여자가 급습을 했다고는 해도 화경에 이른 패가수를 궁지에 모는 것은 쉬운 일이 아니다.

나운상과 소랑은 패가수의 반응이 이처럼 신속할 줄 몰랐다가 흠칫 놀라는 표정을 지었다.

두 여자를 등진 상태로 바닥으로 내려서려던 패가수는 전면에 한 명의 여자가 서 있는 것을 발견하고 흠칫 놀랐다.

그가 놀란 이유는 여러 가지지만 가장 큰 이유는 그 여자가 지독하게 성결하고 또 아름답다는 사실 때문이다.

그는 지금껏 아미가 가장 아름답다고 여겼는데 그녀와는 또 다른 절대완미를 지닌 여자를 발견하고는 자신도 모르게 놀라고 말았다.

그가 가장 사랑하는 여자는 다나이고 또 그녀는 서장에서 가장 아름답다는 칭송을 받았지만, 기개세의 부인들과 비교하는 것은 무리가 있다.

특히 아미와 지금 보고 있는 여자, 즉 강남천궁 소옥군하고는 비교 자체가 어불성설이다.

마치 기개세는 천하의 아름다운 여자들은 모두 자신의 부인으로 삼은 듯하다.

삿……..

패가수는 소옥군 앞에 새털처럼 소리없이 내려선 후 소옥군에게 가볍게 고개를 숙이면서 포권을 해 보였다.

그때 그의 뒤에서 나운상과 소랑이 재차 날카로운 공격을 퍼부었다.

그녀들은 자신들의 일 초식이 빗나갔기 때문에 두 번째 공격은 더욱 위맹했다.

하지만 그녀들은 공격하는 도중에 갑자기 뚝 멈추고 검을 쥐고 패가수 뒤에 우뚝 섰다.

소옥군이 그녀들을 향해서 손바닥을 펼쳐서 뻗으며 멈추라는 신호를 보냈기 때문이다.

소옥군은 패가수를 말끄러미 바라보았다. 원한도 미움도 없는 온화한 표정이고 해맑은 눈빛이다. 아니, 오히려 일말의 고마움이 깃들어 있는 눈빛이다.

그러나 패가수는 처음에 그녀를 잠시 쳐다보다가는 급히 눈길을 돌려야만 했다.

소옥군을 마주 쳐다볼 수가 없었다. 아니, 용기가 없다고 하는 것이 옳았다.

그는 자신의 눈길이 닿으면 그녀의 성결함이 더러워질 것 같은 느낌이 들었다.

이것은 패가수가 소옥군을 여자로 생각하기 때문이 아니다. 단지 아름다운 것에 대한 막연한 경외심 같은 마음이 피어난 것이다.

패가수는 예전에 대명국 남창성에서 남궁산과 함께 소옥군의 아들을 납치했다가 기개세에게 붙잡힌 적이 있다.

그때 그는 기개세 좌우에 서 있는 다섯 명의 부인을 본 적이 있지만 경황 중이었기 때문에 자세히 살펴볼 겨를은 없었다.

소옥군은 패가수 뒤에 서 있는 나운상과 소랑에게 미소 지으며 말했다.

"그는 우리 가족이야."

그녀의 한마디로 족했다. 나운상과 소랑은 어째서 패가수가 자신들의 가족이냐고 한마디 묻지도 않았다. 그것은 그녀들이 그만큼 소옥군을 신뢰한다는 뜻이다.

기실 소옥군과 나운상, 소랑은 대명국을 떠나서 북경으로 진격하는 천검신문 고수들과 함께 북진했었다.

천검신문은 북경성과 자금성 입성에 앞서 도기운 등 우두머리들이 이곳 동풍장에 먼저 왔다가 아미의 말을 듣고 다시 돌아왔는데, 그때 도기운이 소옥군에게 자세한 사정 얘기를 해주었다. 그때 패가수에 대한 얘기도 했던 것이다.

나운상과 소랑은 즉시 검을 어깨의 검실에 꽂았다.

소옥군은 패가수에게 미소를 지어 보였다.

"지난번에 우리 용아에게 은혜를 베풀어주신 것에 대해서 이제야 감사를 드리게 되었군요."

"그… 그것은……."

"더구나 심각한 상황에 처한 제 남편을 여러모로 도와주셨으니 은혜를 갚을 길이 없군요."

"부인……."

사나이 중의 사나이 패가수는 소옥군의 뜻하지 않은 말에 또다시 당황하고 말았다.

예전에 패가수는 남궁산의 계략에 의해서 납치하게 된 소옥군의 아들 기무룡을 소옥군에게 돌려주었다.

하지만 그것은 포위된 데다가 기개세를 마주한 상황에서 절대로 빠져나가지 못하게 되었기 때문에 취한 어쩔 수 없는 선택이었다.

그때 패가수는 적장의 아들을 납치하는 행위가 비열하다는 생각을 하긴 했었다.

그러나 어차피 저질러진 일이고, 또 그것으로 적에게 타격을 입힐 수 있다는 계산에 그냥 진행했었다.

그러다가 마지막 순간에 궁지에 몰려서 자의 반 타의 반으로 아기를 돌려주었다. 그 덕분에 그와 남궁산은 사지에서 살아나올 수가 있었다.

지금 생각하면 얼굴이 뜨거워질 정도로 무지몽매하고 부끄러운 일이다.

그런데 소옥군은 그때 그 일에 대해서 패가수에게 고마움을 표하고 있는 것이다. 그러니 그가 어찌 그런 인사를 받을 수 있겠는가.

그때 아미와 독고비가 다가오자 소옥군과 나운상, 소랑 다섯 여자는 서로 얼싸안으며 만남의 기쁨을 나누었다.

"아미 언니!"

"랑 아우!"

"반가워요, 큰언니!"

한바탕 떠들썩한 다섯 여자의 해후가 지하 연공실 통로를 울렸다.

그 덕분에 패가수는 민망한 상황에서 벗어날 수가 있었다.

그는 한옆에 서서 다섯 여자의 해후를 지켜보았다. 그러면서 그는 새로운 사실을 발견했다.

다섯 여자가 마치 친자매 이상으로 허물없이 서로 친하다는 사실이다.

한 명의 남편을 여러 명의 부인이 모시면 십중팔구 사이가 좋지 않은 편인데 이들은 전혀 달랐다.

패가수가 살아온 세상에서는 꿈도 꿀 수 없는 일이다.

"대가께선 어때요?"

이윽고 해후가 끝난 후 소옥군이 아미에게 참고 참았던 것을 물었다.

아미는 잠시 뭔가 골똘하게 생각에 잠기는 듯하더니 차분한 표정으로 말했다.

"지금 대가를 보러 들어갈 텐데 절대 만지거나 소란을 피워선 안 돼요. 알았지요?"

그녀의 말에서 어떤 불길함을 느꼈는지 소옥군과 나운상, 소랑은 긴장된 표정으로 가만히 고개를 끄덕였다.

이윽고 아미는 몸을 돌려 석문으로 걸어갔고, 네 명의 여자가 조심스럽게 그 뒤를 따랐다.

패가수는 잠시 머뭇거리다가 맨 마지막에서 슬며시 그녀들을 뒤따랐다.

들어가지 않을까 하다가 그도 기개세를 보고 싶은 마음을 참을 수 없었기 때문이다.

第百六十六章

절대자(絶對者)

대사부

방금 전까지만 해도 해후의 기쁨을 나누느라 들떴던 소옥군과 나운상, 소랑의 표정은 이제 곧 기개세를 만난다는 생각에 어느새 긴장으로 가득 물들었다.
 아미와 독고비를 따라서 지하 연공실 석문 안으로 들어선 세 여자의 심장은 콩알만큼 작아진 상태다.
 "아!"
 "헉!"
 순간 세 여자는 석실 한가운데에 반듯한 자세로 눕혀져 있는 기개세를 발견하고는 짧은 탄성을 터뜨리면서 그 자리에서 굳어버렸다.

그녀들의 시선은 빠르게 기개세의 온몸을 훑었다. 눈을 꼭 감고 있는 기개세는 옷 밖으로 응당 있어야 할 두 손과 두 발이 보이지 않았다.

누가 보더라도 손목과 발목이 잘라지고 없는 것을 알 수 있는 일이다.

대명국에 있던 소옥군과 나운상, 소랑은 서찰을 받고 그런 사실을 알고 있었으나 막상 두 눈으로 그것을 확인하고는 큰 충격을 받았다.

세 여자의 얼굴이 해쓱하게 변하면서 두 눈에서 눈물이 소나기처럼 쏟아지기 시작했다.

"대가! 으흐흑!"

"대가! 어쩌다가 이 지경이 되셨어요!"

순간 나운상과 소랑이 자제력을 잃고 울부짖으면서 기개세에게 달려갔다.

그러자 소옥군이 깜짝 놀라서 양손으로 재빨리 그녀들의 팔을 잡았다.

눈물범벅인 나운상과 소랑은 몸부림을 치면서 소옥군의 얼굴을 쳐다보았다.

소옥군은 소리없이 눈물을 흘리면서 입술을 있는 힘껏 깨문 채 충격을 감내하는 모습이다.

나운상과 소랑은 그녀를 보면서 한 가지 사실을 깨달았다. 자신들이 소란을 피우면 기개세에게 피해를 줄 수 있다는 것이다.

소옥군이 천천히 기개세에게 다가가자 나운상과 소랑은 있는 힘껏 입술을 깨물면서 슬픔과 충격을 참으며 그녀의 좌우에서 따라갔다.

이윽고 누워 있는 기개세의 왼쪽 두 걸음쯤에 소옥군이 멈추자 나운상과 소랑도 따라서 멈췄다.

그 자리에서 나란히 선 세 여자는 기개세를 향해 공손히 큰 절을 올렸다.

"천첩들이 대가를 뵈어요."

슬픔이 진득하게 배어 있는 가늘게 떨리는 목소리다.

그것은 실로 오랜만에 보는, 그리고 험난한 변을 당한 남편에게 올리는 아내의 절이다.

다섯 여자는 기개세를 중심으로 빙 둘러서 무릎을 단정히 꿇고 앉아 있었다.

패가수는 소옥군 뒤에 두 걸음쯤 떨어진 곳에 서서 기개세를 굽어보았다.

기개세는 깨끗한 옷을 입혀놓은 모습 그대로다. 그동안 꼼짝도 하지 않은 듯했다.

아미를 비롯한 다섯 여자가 기개세를 바라보는 표정과 눈빛은 한결같다.

무한한 애정과 존경이 가득 담긴 표정이며 눈빛이다. 그녀들은 기개세가 죽어서 한 줌의 재가 된다고 해도 그에 대한 마음이 변하지 않을 것이다.

그때 아미가 말없이 조용히 일어섰다. 이제 그만 나가려는 것인데 그것을 신호로 네 여자도 아쉬운 얼굴로 따라서 일어섰다.

그녀들은 연공실 입구로 걸어가면서도 눈길은 내내 기개세를 향하고 있었다.

패가수도 그녀들을 따라서 걸음을 옮겼다. 기개세의 연공이 끝나지는 않았으나 이상하게도 그를 한 번 본 것만으로도 마음이 많이 안정되는 것이 느껴졌다.

그래서 그는 기개세 부인들의 마음을 어느 정도 이해할 수 있게 되었다.

[나가지 않아도 된다.]

그때 석문 앞에 도착한 여섯 사람의 뇌리를 심어가 잔잔하게 울렸다.

여섯 사람은 크게 놀라며 급히 뒤돌아섰다. 방금 그 심어를 보낸 사람은 기개세가 분명했다. 또한 심어를 보낼 사람은 기개세밖에 없다.

여섯 사람은 크게 놀라는 표정을 지었다. 기개세의 몸에서 은은한 광채가 뿜어지고 있었기 때문이다.

그들은 급히 기개세 주위로 우르르 몰려들었다. 하지만 너무 가까이 다가가지 않고 세 걸음 정도의 거리를 두었다.

여섯 사람의 얼굴은 뭔지 알 수 없는 기대와 흥분으로 가득 물들었다. 마침내 기개세의 연공이 끝났다는 사실을 직감한 것이다.

스으으……

그때 갑자기 누워 있는 기개세의 몸이 신비로운 빛깔의 광채로 은은하게 빛나면서 느릿하게 허공으로 떠오르더니 모두의 가슴 높이에서 멈췄다.

여섯 사람은 눈도 깜빡이지 않고 호흡을 멈춘 채 뚫어지게 기개세를 주시했다.

기개세의 몸이 마치 스스로 빛을 뿜어내는 발광체처럼 빛나서 여섯 사람은 신비한 기분에 사로잡혔다.

그때 실로 놀라운 일이 벌어졌다. 기개세의 헐렁한 소매 밖으로 눈부신 빛이 스르르 뻗어 나왔다.

그것은 마치 풀무질로 새빨갛게 달군 쇳덩이 같았는데 소매 속에서 점점 밖으로 길어졌다.

기개세의 왼쪽에 서 있는 소옥군은 그의 왼쪽 소매에서 빛나는 쇳덩이 같은 것이 나오는 것을 보았고, 독고비와 소랑은 오른쪽에서 오른손이, 그리고 패가수와 나운상은 발쪽 그의 잘라진 두 발에서 빛나는 물체가 밀려나오는 것을 보았다.

"아아……!"

"대가의 손이 다시 생기고 있어요!"

"아아, 발이 생겨나요!"

다섯 여자의 입에서 탄성이 흘러나왔다.

그렇다. 기개세의 두 손과 두 발에서 길쭉하게 밀려나오던 물체에서 서서히 광채가 사라지더니 어느덧 티 한 점 없는 두 손과 두 발의 형상을 갖춘 것이다.

"어… 떻게 이런 일이……."

패가수는 자신의 눈으로 보고 있으면서도 도저히 믿어지지 않는 표정을 가득 떠올렸다.

기개세의 두 손과 두 발은 완벽하게 새로 생겼다. 남궁산이 그의 사지를 자르기 전하고 똑같아졌다.

스으으…….

그때 그의 몸이 똑바로 세워지고 천천히 하강하더니 두 발을 딛고 바닥에 우뚝 섰다.

그리고는 깊은 잠에서 깨어나듯이 살며시 눈을 떴다. 아무 일도 없었다는 듯한 표정이다.

평온한 얼굴에 입가에는 훈훈한 미소를 머금고, 무엇과도 비교할 수 없을 정도로 맑은 두 눈으로 한 사람씩 주위를 둘러보았다.

여섯 사람은 심장이 멎을 듯한 충격을 억누른 채 기개세를 주시했다.

기개세는 일일이 여섯 사람 모두와 한 사람씩 눈을 마주치며 미소를 보냈다.

그의 다섯 아내는 전율이 일 정도로 행복한 표정으로 그를 바라보았다.

패가수도 온몸에 전율이 일면서 가슴 저 밑바닥에서 울컥하고 뭔가가 치밀어 올랐다.

한순간 다섯 여자는 일제히 그에게 달려들어 안기면서 울음을 터뜨렸다.

"으아앙! 대가!"

"으흑흑! 보고 싶었어요!"

기개세는 언제나 그랬던 것처럼 껄껄 웃으면서 두 팔을 활짝 벌려 그녀들을 모두 끌어안았다.

"하하하! 내가 죽기라도 했느냐?"

그것이 그의 첫마디였다.

사실 그가 죽음보다 더한 고통을 겪었다는 사실은 누구나 다 알고 있다.

그런 그가 별일 아니라는 듯이 명랑하게 웃는 것이 더욱 모두의 심금을 울렸다.

언제나 현숙하고 감정을 드러내지 않는 아미조차도 이 순간만큼은 누구보다도 더 결사적으로 흐느껴 울면서 기개세의 가슴을 파고들었다.

그녀는 슬픔과 고통은 강인하게 견디지만 기쁨은 감추지 않고 표출하고 있는 것이다.

기개세는 일일이 다섯 여자의 뺨을 어루만지고 머리를 쓰다듬으면서 애정을 표시했다.

다섯 여자는 아이들처럼 그에게 매달려서 응석을 부렸다.

패가수는 마치 자신의 일인 양 흐뭇한 미소를 지으면서 그 광경을 바라보았다.

그는 기개세가 말을 하는 것을 보고 손과 발만 새로 생긴 것이 아니라 혀까지도 생겼다는 사실을 알게 되었다.

그는 철뇌옥에서 기개세의 영하고만 대화를 했지 실제로 그를 대하는 것은 처음이다.

하지만 웬일인지 긴장되거나 어색하다는 느낌은 들지 않았다. 마치 오래전부터 잘 알고 있는 사람을 대하는 듯한 기분이 들었다.

잠시 후 아내들과 재회를 끝낸 기개세가 미소 지으면서 패가수에게 걸어오며 뜬금없는 말을 꺼냈다.

"자네, 내가 지금 제일 하고 싶은 일이 무엇인지 아나?"

"무엇이오?"

기개세는 스스럼없이 패가수의 어깨에 팔을 두르고 입구 쪽으로 향하며 웃었다.

"하하하! 자네하고 코가 비뚤어지도록 술을 마시는 걸세!"

평소에 과묵한 패가수지만 이런 상황에서는 한마디 거들지 않을 수 없다.

"하하하! 태문주가 술이 세기를 바라겠소!"

실로 오랜만에 기개세의 측근들이 모두 한자리에 모여서 술을 마시고 있다.

처음 술을 마시기 시작해서 한 시진 남짓은 모두가 자유롭게 술을 마시면서 당금 천하의 정세에 대해서 기개세에게 보고를 했다.

무척 심각한 내용들이지만 기개세는 시종일관 입가에 미소를 잃지 않고 들었다.

그가 원래 사람들하고 뚝 떨어져서 앉는 것을 싫어하기 때문에 커다란 탁자에 모두들 지위 고하를 막론하고 둘러앉은 광경이다.

좌중에는 기개세와 다섯 아내, 세 명뿐인 삼대명왕, 통박당 다섯 명, 그리고 패가수가 벌써 많이 친해져서 주거니 받거니 술을 마시고 있다.

기개세 좌우에는 소옥군과 나운상이 찰싹 달라붙어서 앉

절대자(絶對者) 207

앉고, 언제나처럼 그의 무릎에는 소랑이 앉았다. 예전에도 그랬지만 여전히 자그마한 체구의 소랑은 어른 무릎에 앉은 어린아이 같은 모습이다.

아미와 독고비는 그동안 기개세를 독차지하고 있었기 때문에 오늘만큼은 소옥군 등에게 양보했다.

아미 옆에는 패가수가 꼿꼿한 자세로 앉았다. 얼마 전에 아미가 패가수에게 앞으로는 언제 어디에서나 자신의 옆에 앉으라고 한 말은 그냥 한 말이 아니었다.

그녀는 이 자리에서도 패가수를 자신의 옆에 앉게 했다. 기개세를 보살펴 준 고마움을 그녀는 단지 말로만 생색을 내지 않았다.

좌중의 사람들 모두가 술을 마시면서도 몹시 궁금하게 여기고 있는 것이 하나 있었다.

과연 연공을 끝낸 기개세의 능력이 얼마나 증진됐는가 하는 것이었다.

그런데 기개세는 사람들의 그런 마음을 아는지 모르는지 거기에 대해서는 일언반구 한마디도 없이 흐뭇한 미소를 머금은 채 술을 마시며 담소를 나누었다.

결국 호기심을 참다못한 독고비가 술에 취해서 발그레한 얼굴에 호기심을 가득 떠올린 채 기개세의 옆얼굴을 빤히 바라보며 물었다.

"대가, 그런데 연공은 성공적으로 끝내셨나요?"

"연공?"

기개세가 미소 지으면서 쳐다보자 나운상은 두 팔과 가슴으로 안고 있는 그의 팔을 더욱 꼭 끌어안고 뺨을 그의 어깨에 비비면서 콧소리를 냈다.

"흐응… 자금성 철뇌옥에서나 이곳 연공실에서 연공을 하고 계셨던 것 아니었나요?"

기개세는 빙그레 미소 지었다.

"연공이 아니라 죽지 않으려고 발버둥친 거였어."

그 말에 모두들 움찔 놀라는 표정을 짓더니 곧 숙연한 표정을 지었다.

특히 나운상은 괜한 것을 물어서 기개세의 마음을 힘들게 한 것 같아서 눈물까지 핑 돌았다.

패가수는 기개세의 참혹한 모습과 그가 철뇌옥에서 어땠었는지를 가장 잘 알고 있는 사람이라서 기개세의 말에 내심 깊이 수긍했다.

분위기가 가라앉자 기개세는 껄껄 웃었다.

"하하하! 그러다 보니까 본의 아니게 작은 성과를 거둘 수 있었다."

중인은 적잖이 놀라고 기대하면서 기개세를 주시했다.

기개세는 좌중을 둘러보다가 자신의 오른쪽에 앉아 있는

소옥군에게 물었다.

"군아, 다들 내게 무엇을 기대하고 있는 게냐?"

소옥군은 기개세의 어깨에 뺨을 기대고 있다가 그를 바라보면서 뼈를 녹일 듯한 미소를 지었다.

"천첩은 대가께서 건강하신 것만으로도 좋아요. 하지만 대가의 사랑을 확인할 수 있다면 더욱 좋겠지요."

그러면서 부끄러움으로 얼굴을 사르르 붉혔다. 말하고 나니까 '사랑을 확인한다'라는 내용이 왠지 정사를 의미하는 느낌을 풍기는 것 같아서다.

"흠, 사랑의 확인이라……."

그런데 기개세가 진지한 표정으로 중얼거리자 중인은 자못 기대 어린 표정을 지었다.

"그다지 어려운 일은 아니로군."

그는 소랑이 따라준 술잔을 집어 입으로 가져갔다.

"아……."

그때 나운상 옆에 앉아 있던 독고비가 느닷없이 나직한 탄성을 토해냈다.

그러자 패가수와 삼대명왕, 통박당들은 무슨 일인가 싶어서 일제히 그녀를 주시했다.

독고비는 얼굴이 발그레해지고 눈을 반쯤 감아 속눈썹이 파르르 떨렸으며, 살짝 벌어진 촉촉하게 붉은 입술 사이로 뜨거운 입김이 새어 나왔다.

솔직하고 대범한 성격의 그녀는 자신의 몸에 느닷없이 찾아든 야릇하고도 강렬한 느낌을 감출 수가 없었다. 아니, 오히려 그것을 즐겼다.

그녀는 반쯤 감았던 눈을 동그랗게 뜨고는 놀라면서도 도발적인 표정으로 기개세를 바라보았다.

기개세는 술잔을 막 입에서 떼다가 그녀를 보면서 한쪽 눈을 찡긋 해 보였다.

그러자 독고비는 얼굴이 잘 익은 사과처럼 확 붉어지면서 사르르 눈을 내리깔았다.

사실 그녀는 방금 전에 기개세의 크고 성난 뜨거운 음경이 자신의 옥문 속으로 거침없이 밀고 들어오는 느낌을 받았던 것이다.

옥문을 의자에 밀착시킨 채 앉아 있는데 그런 일이 벌어진다는 것은 있을 수 없는 일이다.

그런데 그것뿐만이 아니다. 기개세가 젖가슴을 한입 가득 물고 빨아주는 것과 동시에 격렬하게 입맞춤을 하면서 두 손으로는 온몸을 더듬고 훑으며 극진한 애무를 해주는 느낌도 받고 있다.

그것은 절대로 환상이나 착각이 아니다. 그와 정사를 나눌 때와 똑같았다.

아니, 그보다 훨씬 더한 쾌감과 흥분이 그녀의 온몸을 휘감고 있었다.

그런데 그런 느낌을 받고 있는 사람은 독고비 혼자가 아니다. 다섯 여자 모두가 똑같은 상황이었다.

기실 기개세는 그녀들 모두에게 기를 보내서 동시에 정사를 하고 있는 것이다.

물론 그런 느낌만 들게 하는 것이 아니다. 육체와 육체가 교접하지 않았을 뿐이지 실제로 정사를 하고 있는 중이다.

그렇기 때문에 그는 자신의 음경으로 동시에 다섯 아내의 옥문을 느끼고 있는 것이다.

아미와 소옥군, 독고비, 나운상, 소랑 다섯 여자의 반응은 제각기 달랐다.

하지만 얼굴이 발그레해지고, 입에서 뜨거운 입김이 흘러나오면서 몸을 꼬며 가늘게 떨고 있다는 점에서는 모두 똑같았다.

예전의 기개세에게는 이런 식의 능력이 없었다. 또한 이것은 그가 천신지공을 완성해서 새로 갖게 된 능력의 발가락 끝에도 미치지 못하는 것이다.

소옥군이 '사랑의 확인'을 요구하니까 그에 맞춰서 보여 주는 것뿐이다.

패가수와 삼대명왕, 통박당들은 의아한 표정으로 그녀들

을 쳐다보면서 고개를 갸웃거렸다.

아무리 머리가 좋은 사람이라고 해도 그녀들이 지금 무엇을 하고 있는지 알아맞히는 것은 불가능한 일이다.

그때 활활 타오르던 모닥불이 점차 불길이 수그러들 듯이 다섯 여자의 쾌감과 흥분이 가라앉기 시작했다. 기개세가 그만 하면 됐다 싶어서 기를 거둔 것이다.

그녀들이 몹시 아쉬운 표정으로 기개세를 바라보자 그의 심어가 그녀들의 머릿속에서만 울렸다.

[나머지는 이따가 하자꾸나.]

순간 그녀들의 얼굴에서 아쉬운 기색이 씻은 듯이 사라지고 대신 눈빛이 초롱초롱해졌다.

예전에는 기개세가 몸이 하나라서 한 번에 한 여자만 상대를 했는데 이제는 기를 통해서 한꺼번에 모두를 만족시킬 수 있으니까 그것에 대한 기대가 무척 컸다.

하지만 그녀들을 제외한 다른 사람들은 대체 기개세가 새로운 능력을 언제 보여줄 것인지 자못 기대하는 표정으로 기다리고 있었다.

'사랑의 확인'이라는 이름의 능력을.

하지만 그들은 술자리가 끝날 때까지 기개세의 주량이 엄청 강해졌다는 사실 외에는 확인한 것이 없었다.

패가수는 이반이 '천마경'을 연공하여 스스로 천마가 되려고 한다는 사실을 기개세에게 설명해 주었다.

아니, 어쩌면 지금쯤 이미 천마가 되었을 가능성이 높다는 사실을 덧붙였다.

그는 이반에 대한 이야기를 기개세에게만 했다. 동풍장의 모든 사람들이 있는 곳에서 말해서 괜한 소란을 피우기 싫었기 때문이다.

"어린아이 이천 명을 희생시켜야 한다는 말인가?"

기개세는 착잡한 표정으로 중얼거렸다.

"그렇소."

"아무 죄도 없는 어린아이들을……."

그런데 기개세는 어린아이들의 떼죽음만 슬퍼할 뿐 이반이 천마가 된다는 사실에 대해서는 그다지 놀라거나 긴장하지 않았다. 그렇다고 대수롭게 여기지도 않으며 담담하게 고개를 끄덕였다.

패가수는 조심스러운 표정을 지었다.

"선에 천상제가 있다면 악에는 천마가 있소."

천상제와 천마가 같은 반열이라는 사실을 환기시켜서 이 일이 결코 범상하지 않음을 알려주려는 의도다.

"전설에 의하면 천마는 천지조화(天地造化)를 마음대로 일으킬 수 있다고 하오."

"음."

"인간이 아니라 악의 화신 천마이기 때문이오."

"그렇군."

기개세가 또다시 고개를 끄덕이자 패가수는 자신의 의도가 그에게 제대로 전해지지 않았다는 것을 깨달았다.

그는 기개세가 이반에 대한 철저한 준비를 갖추기를 기대하고 있는 것이다.

실내에는 탁자에 마주 앉아 있는 기개세와 패가수 두 사람뿐이다.

기개세는 차분한 자세로 앉아서 뜰을 내다보며 차를 마시고 있으나 패가수는 찻잔에는 손도 대지 않았다. 그만큼 긴장하고 있기 때문이다.

문득 패가수의 표정이 단호하게 변하더니 이어서 말을 빙빙 돌리지 않고 단도직입적으로 물었다.

"태문주의 계획을 듣고 싶소이다."

딸깍.

기개세는 찻잔을 내려놓고 빙그레 미소 지었다.

"결국 묻는군."

"예?"

패가수는 가볍게 놀라서 기개세를 쳐다보다가 그가 사람의 내심을 훤히 꿰뚫어 본다는 사실을 그제야 기억해 내고 멋

적은 표정을 지었다.

기개세는 정원으로 시선을 던졌다.

"나는 승승계(勝勝計)라는 것을 세워보았네."

"승승계… 라는 말이오?"

뜬금없는 말에 패가수는 의아한 표정을 지었다. '승승'이란 것은 '이기고 이긴다'는 뜻이다.

한 번 이기면 될 것을 어째서 두 번이나 이겨야 하는 것인가 하는 의문이 생겼다. 물론 이긴다는 것은 울제국을 이긴다는 뜻일 것이다.

"우리도 이기고 저쪽도 이기는 계획일세."

그런데 그다음에 이어진 말에 패가수는 더욱 알 수 없다는 표정을 지었다.

싸움이라는 것은 어느 한쪽이 이겨야지만 끝나고, 상대편은 반드시 패하게 마련이다. 쌍방이 다 이기는 싸움이란 존재할 수가 없다.

패가수는 기개세의 심오한 말에 깊은 뜻이 있을 것이라고 짐작했으나 도저히 이해할 수가 없었다.

"무슨 말씀이신지……."

기개세는 빙그레 미소를 지으며 패가수를 쳐다보았다.

"자네에게 기회를 주겠네."

"무슨……."

"남궁산을 찾아내서 항세검을 회수하면 자네가 울제국의 황제가 되겠지?"

패가수는 더욱 알 수 없다는 표정을 지으면서 고개를 끄덕였다.

"그렇소만……."

"자네가 황제가 되면 어떻게 할 생각인가?"

패가수는 생각할 것도 없다는 듯 즉시 진중하게 대답했다.

"무의미한 전쟁은 그만둘 것이오."

"어째서 무의미하다고 생각하나?"

"얻어지는 것에 비해서 희생이 너무 크기 때문이오."

"그 말은 희생이 적고 얻어지는 것이 크다면 전쟁을 계속해도 된다는 뜻으로 들리는군."

"그건……."

패가수는 움찔했다. 확실히 그는 말을 잘못했다. 아니, 어쩌면 그런 것이 그의 머릿속에 뿌리박혀 있는 고정관념인지도 모른다.

"미안하오."

패가수는 즉시 고개를 숙여 사과했다.

하지만 그는 자신이 잘못 생각하고 있었으며 실언을 했다는 것까지는 알겠는데, 무엇이 잘못됐는지에 대해서는 알 수가 없었다.

절대자(絶對者) 217

기개세의 조용한 목소리가 숙인 그의 머리 위로 흘러왔다.
"얻는 것이 없으면 희생도 없겠지."
"……."
패가수는 무엇인가 알 듯 모를 듯한 표정으로 고개를 들고 기개세를 쳐다보았다.
그러다가 움찔했다. 기개세의 표정이, 아니, 모습이 방금 전까지와는 달라졌다.
"무엇인가를 얻으려고 하는 일에는 반드시 그만큼의 희생이 따른다네."
패가수는 기개세의 말에서 어떤 깨달음을 얻었다. 하지만 그 깨달음에 비해서 그의 놀라는, 아니, 대경실색하는 모습이 너무 지나쳤다.
깨달음보다 더 큰 것을 목격했기 때문이다. 그것은 바로 기개세의 모습이었다.
신선이나 부처 같은 모습이었다. 사바세계(娑婆世界)의 것이라고는 티끌만큼도 묻지 않은, 해탈의 경지를 넘어 그 높은 곳에 오른 절대자의 모습이 지금 기개세의 그것이다.
'맙소사……'
그리고 패가수는 마침내 크나큰 사실 하나를 더 깨달았다.
'태문주가 하고 있던 것은 연공이 아니었어.'
패가수는 자신도 모르게 의자에서 일어나 옆으로 비켜 나와서 기개세를 향해 몸을 굽혔다.

그렇게 해야겠다는 마음에서가 아니라 저절로 굴신(屈身)의 자세가 취해졌다.

가장 미천한 벌레가 천지간의 가장 위대한 존재 앞에서 취하는 그런 몸가짐이다.

'아아, 내 어찌 하늘을 알아보지 못했다는 말인가. 죄가 너무 크도다.'

자꾸만 몸이 오그라들었다. 그리고 마음과 정신은 더할 수 없이 작아지고 겸허해졌다.

"삼라만상에 속한 피조물들은 끝없이 무엇인가를 얻고 희생시키며 또한 버리는 행위를 반복하고 있네."

한 마리 벌레가 된 패가수 위로 성스러운 말씀이 빛처럼 쏟아져 내렸다.

"얻고 희생시키며 버리는 행위는 죽어서야 비로소 끝나는데, 살아 있는 동안에는 영원히 지속되는 행위일세."

인간이 고기를 먹고자 하면 가축을 희생시켜야만 하고, 야채를 먹으려면 채소를 뽑아야 할 것이며, 옷을 지어서 입으려면 옷의 재료를 희생시키고, 추위를 피하고자 불을 피우려면 나무를 재로 만들어야만 한다.

가축을 키우려면 먹이를 줘야 하고, 먹이를 만들려면 그에 따른 희생이 뒤따르며, 스스로를 살찌운 가축은 종국에는 죽어서 자신을 버려 고기가 됨으로써 안식을 얻는다.

이렇듯이 무릇 삼라만상에 속한 모든 피조물은 얻고 희생하며 버리는 행위를 쳇바퀴 돌 듯 무한적으로 반복하는 것이다.

"그러나 도가 지나친 얻음은 삼라만상의 순환(循環)의 고리를 깨뜨리는 짓일세. 지나치게 얻으려는 욕심은 지나친 희생을 불러일으키고, 지나친 희생을 당한 것들에 속해 있던 더 많은 것들이 버려지는 악순환이지."

기개세의 말, 아니, 진리는 마치 동이로 들이붓듯이 패가수의 머릿속으로 주입되었다.

"서장인은 서장에서 살고, 한인은 중원에서 살아가는 것이 원리에 따른 선순환(善循環)이야. 굳이 전쟁이 아니더라도 여러 가지 좋은 방법으로 서장인들이 중원 땅에 와서, 한인들이 서장 땅에 가서 살 수 있는 방법들이 있지."

전쟁은 악순환이고 희생이 따르지 않는 방법이 선순환이라는 뜻이다.

꼭 전쟁이 아니더라도 장사나 이주, 그리고 그 외의 여러 가지 방법으로 서장인들은 얼마든지 중원으로 와서 살 수 있다는 것이다.

그렇게 한다면 중원 땅에 한인과 서장인이 서로 섞여서 동화하며 살아가게 될 것이다. 서장인의 수가 한인들보다 적기는 하지만 현재도 많은 이국인이 중원에 뿌리를 내리고 살아가고 있지 않은가.

패가수는 실로 커다란 깨우침을 얻었다. 그러나 깨우침은 그치지 않고 계속 퍼부어졌다.

"땅에는 주인이 없다. 대명제국이나 울제국은 이 땅 위에 잠시 동안 주인 행세를 하다가 사라져 갈 뿐이지."

"하오면……."

패가수는 땀을 뻘뻘 흘리면서 겨우 고개를 들었다. 하지만 감히 기개세를 바라보지는 못했다.

"소인이 울황제가 되면 서장인들을 모두 이끌고 서장으로 돌아가겠습니다."

그는 스스로를 소인이라고 낮추는 대신 어조는 극상으로 바꾸었다. 기개세를 절대자로 인정한 순간 자연스럽게 찾아온 변화였다.

"그것이 최선인가?"

패가수는 기개세가 이반의 일을 말하는 것이라는 생각에 이마를 바닥에 댔다.

"죄송한 말씀이지만 이반은 소인의 능력 밖입니다."

"이반은 내가 처리하겠네."

"하오시면……."

패가수는 의아한 표정으로 다시 고개를 들었다.

"싸움을 하지 않는다면, 중원에서 살기를 원하는 서장인들은 이곳에서 살도록 해주겠네."

"……."

순간 패가수의 두 눈이 휘둥그렇게 떠지고 만면에 경악이 가득 떠올랐다.

기개세에게 그런 말을 들을 줄은 꿈에서조차 예상하지 못했다.

중원에서 살기를 원하는 서장인이라니, 모르긴 해도 아마 대다수가 원하지 않겠는가.

애초에 그런 방법을 미리 알았더라면, 아니, 한인들이 서장인들을 곱게 받아주었더라면 전쟁 같은 것은 벌어지지 않았을 것이다.

"그게… 가능합니까?"

기개세가 절대자라는 사실을 알면서도 너무 엄청난 일이라서 패가수는 그렇게 묻지 않을 수 없었다.

기개세의 입가에 자비로운 미소가 빙그레 피어났다.

"사람은 다 같네."

"아……."

서장인이라고 눈이 셋 달리고 입이 뒤통수에 붙은 것은 아니다. 서장에서 태어났기에 서장인이 된 것이다.

"칼을 버리면 내가 보증하지."

그의 말 자체가 '보증'인데도 그는 우매한 패가수를 위해서 굳이 '보증'이라는 말을 입에 담았다.

 그 사실을 깨달은 패가수는 몸을 떨며 고개를 바닥에 묻고 말았다.

 "용서하십시오."

 그의 두 눈에서 굵은 눈물이 후두두둑 마구 떨어져서 바닥을 흥건하게 적셨다.

 그는 방금 서장인 모두를 살린 것이다.

 그리고 천마가 된 형 이반을 버렸다.

第百六十七章

허물어진 무림황제

대사부

비릿비릿—

고공에서 천상조 상비가 나직이 울더니 빛과 같은 속도로 지상으로 내리꽂혔다.

[저기에 남궁산이 있군요.]

야트막한 야산 꼭대기에 우뚝 서 있는 아미가 들판 너머 저 멀리에 있는 번화한 성내를 보면서 붉고 아름다운 입술을 나풀거렸다.

그 옆에 서 있는 패가수는 무심코 아미를 쳐다보다가 눈빛이 흐려졌다.

기개세는 남궁산을 처단하고 항세검을 되찾는 일에 아미더러 패가수를 도우라고 딸려서 보냈다.

그런데 북경성을 출발한 이후 지난 보름 동안 패가수는 지금처럼 아미의 아름다움에 넋을 뺏긴 적이 한두 번이 아니었다.

그것은 그가 세속적이라거나 여자를 밝히는 속물이라서가 아니라 아미가 지독히도 아름답기 때문이다. 그의 잘못이 아닌 것이다.

"패가수 상공, 남궁산이 있는 곳은 제 얼굴이 아니라 저곳이에요."

아미는 패가수를 보며 방그레 미소를 지었다.

"아!"

자신의 실수를 깨달은 패가수는 화들짝 놀라 아미의 희고 긴 손가락이 가리키는 곳을 쳐다보느라 허둥거렸지만 사물이 눈에 들어오지 않았다.

'밥통 같은 놈!'

그러면서 스스로를 몹시 꾸짖었다.

더구나 그는 연인인 다나를 찾아서 여기까지 왔으면서도 시도 때도 없이 아미의 아름다움에 넋을 빼앗기는 자신이 너무도 한심하기만 했다.

그는 자신이 이처럼 수양이 얕은 놈인 줄 몰랐다. 그런데 실상 그가 이런 모습을 보이는 대상은 아미 한 사람뿐만이 아니었다.

동풍장에 있을 때에는 걸핏하면 소옥군의 아름다움에도 정신을 차리지 못했다.

그러나 그는 알지 못했다. 아미와 소옥군, 그리고 나운상과 독고비 측근의 사람, 심지어 같은 여자들까지도 지금 그가 앓고 있는 홍역을 다들 앓았다는 사실을.

천상조 상비는 내내 대명국에서 소옥군과 함께 있다가 그녀가 북경성으로 올 때 따라왔다.

상비는 다나가 동풍장에 있을 때 입었던 옷가지의 냄새를 단 한 번 맡더니 그 길로 쏜살같이 날아가서 지금 이곳에 이른 것이다.

상비는 진작 남궁산이 있는 곳을 찾아냈었다. 다만 아미와 패가수가 상비의 속도를 따르지 못해서 이곳까지 오는 데 보름이나 걸린 것이다.

아니, 두 사람만 왔다면 열흘이면 충분했다. 그런데 패가수의 휘하에 있는 십만 명의 토벌총군을 이끌고 오는 바람에 늦은 것이다.

다나를 찾아내면 그곳에 분명히 남궁산도 있을 것이라는 게 패가수의 생각이다.

남궁산을 어떻게 할 것인지 패가수는 이미 나름대로 계획을 세워두었다.

 악양성에서 십여 리쯤 떨어진 동정호 가에 마치 성을 연상시키는 거대한 대전각 군이 괴물처럼 버티고 있다.
 과거 이곳은 악양은 물론 강남의 모든 사람들이 존경과 복종해 마지않던 태극문이었다.
 하지만 지금은 전문의 큼지막한 현판에 '태극문'이라는 글이 적혀 있지 않았다. 불과 한 달쯤 전에 새로운 주인으로 바뀌었기 때문이다.
 태극문은 천검신문의 초기 천검사호문 중에서 천검일호문인 동시에, 현재 천검신문의 제이인자인 천검총군주 도기운의 문파다.
 '강북에는 구대문파가 있고 강남에는 태극문이 있다'라는 유명한 말이 파다할 정도로 태극문은 무림에서의 입지가 대단했었다.
 그런데 태극문주 도기운이 문파의 모든 정예고수들을 이끌고 천검신문으로 갔기 때문에 태극문이 거의 비어 있다시피 한 사이에 불의의 급습을 당했다.
 태극문에 남아 있던 천 명 정도의 고수들은 한밤중에 들이닥친 신비한 괴한들에 의해서 깡그리 몰살당했다.
 지금 태극문 현판에는 '대남궁(大南宮)'이라는 새로운 문파명이 적혀 있다.

위대한 '남궁'이라는 뜻이다.

태극문, 아니, 대남궁의 깊은 곳 어느 전각 안.

척!

오늘의 일과를 끝낸 울황태신은 자정이 다 돼서야 자신의 거처로 들어섰다.

평소에도 늘 무표정한 얼굴이지만 요즘 그의 얼굴에는 한 줄기 수심이 깃들어 있다.

자신과 울전대의 정체성 때문이다. 삼황사벌의 최고 우두머리에게 충성하기 위해서 조직된 울전대가 한인 남궁산의 치다꺼리나 하는 잡군(雜軍)으로 전락한 것이 울황태신을 너무도 우울하게 만들었다.

그러나 남궁산에게서 벗어날 수 있는 방법이 없다. 그가 항세검을 지니고 있기 때문이다.

그렇다고 해서 울황태신이 항세검을 탈취할 수는 없다. 항세검은 '신성' 그 자체이다.

항세검은 울전대의 발목을 묶은 족쇄, 아니, 목줄이다. 항세검에겐 절대복종해야 한다는 율법이 시퍼렇게 살아 있는 한 어쩔 도리가 없다.

과거의 빛나는 울전대는 사라졌다. 남은 것은 남궁산의 하인 노릇을 하는 일만 마리의 개떼다.

　문으로 들어선 울황태신은 잠시 서 있다가 왼쪽으로 방향을 꺾어 거실로 향했다.

　늦은 시각이지만 잠은 오지 않을 것이다. 울전대가 조직되면서 술을 끊었지만 오늘 밤만큼은 한잔하지 않고는 배길 수가 없을 듯했다. 술이라도 마시지 않으면 화병이 날 것만 같았다.

　번거롭게 하녀에게 안주를 부탁할 필요는 없다. 거실 어딘가에 고급 명주가 진열되어 있는 것을 본 적이 있으니 속에다 술이라도 쏟아부어서 이글거리는 심사를 조금이나마 달랠 수 있으면 그로써 족하다.

　그런데 거실 문을 열고 막 들어서던 울황태신은 뚝 걸음을 멈추고 전면을 쏘아보았다.

　그의 앞쪽 거실의 커다란 의자에 패가수가 꼿꼿한 자세로 단정히 앉아 있고, 그 옆에 아미가 다소곳이 서 있는 모습을 발견한 것이다.

　울전대 일만 명 중에서 유일하게 얼굴에 철면을 쓰지 않은 울황태신의 표정이 짧은 순간에 여러 차례 변했다. 반갑기도 하고 착잡하기도 한 표정이다.

　패가수는 울황태신을 보고서도 일어서지 않고 담담한 얼굴로 입을 열었다.

"오랜만이군, 무타락(武妥駱)."

울황태신의 동공이 가벼이 흔들렸다. 그의 이름을 불러준 사람은 선황 율가륵 이후 패가수가 처음이기 때문이다. 그의 이름은 불러줄 때만 살아난다.

울황태신 무타락은 패가수를 향해 허리를 굽혀 정중하게 예를 취했지만 아무 말도 하지 않았다.

그러면서 패가수가 무엇 때문에 자신을 찾아왔는지 아주 잠깐 동안 생각을 해봤다.

하지만 대충은 짐작을 할 수 있으나 구체적으로는 감이 잡히지 않았다.

패가수는 원래 빙빙 돌려서 얘기하는 성격이 아니다. 그는 곧장 본론을 꺼냈다.

"나는 천검신문 태문주를 직접 만나서 그에게 한 가지 약속을 받았다."

무타락은 무심한 표정이다. 그는 천검신문 태문주가 사지와 남근, 혓바닥이 잘리고 두 눈이 뽑힌 채 자금성 철뇌옥에 감금되어 있다는 사실을 알고 있었다.

패가수 또한 무공이 폐지된 채 같은 철뇌옥에 감금되어 있었는데 느닷없이 이곳에 나타났다.

무타락은 패가수는 예전보다 기개가 더 헌앙해 보이는 것이 무공이 폐지된 것 같지 않았다. 오히려 무슨 기연을 얻은 듯했다.

철뇌옥에 갇혀서 죽을 날만 기다리고 있어야 할 패가수가 이곳에 나타난 것은 이변이다.

그렇다면 같은 장소에 갇혀 있던 천검신문 태문주가 아직도 그 상태로 있다고 보기는 어렵다.

아마도 천검신문 태문주와 패가수 사이에 모종의 은밀한 일이 있었던 것 같다.

더구나 패가수는 '천검신문 태문주를 만나서 한 가지 약속을 받았다' 라고 말하지 않는가.

하지만 두 사람 사이에 어떤 은밀한 일이 있었는지는 짐작조차 할 수가 없다.

패가수는 무타락의 대답을 듣지 않고 말을 이었다.

"그 약속은, 서장인들이 칼을 놓으면 중원에서 한인들과 함께 살게 해주겠다는 것이다."

무표정하던 무타락의 표정이 변했다. 동공이 크게 흔들리고 입이 약간 벌어지면서 뺨이 씰룩였다. 그로서는 큰 충격을 받았다는 뜻이다.

그럴 수밖에 없다. 패가수의 말은, 아니, 천검신문 태문주의 말은 파격 그 자체다.

"천검신문 태문주의 약속이다."

이어서 패가수는 못을 꽉 박았다.

무타락은 금방 마음속으로 '설마…' 하고 불신의 마음으로 중얼거렸으나 패가수가 못을 박는 바람에 그 생각이 씻은 듯이 사라졌다.

그렇다. 약속이란 누가 했는가에 따라서 천만금의 가치가 있거나 헌신짝보다 못할 수도 있다.

그런데 그 약속을 한 사람이 바로 천검신문 태문주다. 그는 비록 적이지만, 무타락은 어느 누구보다도 그를 신용한다.

무타락은 천검신문 태문주가 자금성에서 울전대에게 포위되어 실로 치열하게 고군분투하며 신적인 능력을 발휘하는 광경을 똑똑히 목격했다.

처음에는 죽어가는 수하들을 보면서 태문주가 찢어 죽이고 싶도록 증오스러웠다.

그러나 시간이 지날수록 그가 두려워졌고, 마지막에는 존경스러워졌다. 천하에서 가히 어느 누가 일만 명 울전대 한복판에서 그토록 여유있게, 그리고 멋들어지게 싸울 수가 있겠는가.

만약 거추장스러운 것들을 다 떼어놓고 무타락에게 누굴 가장 존경하느냐고 묻는다면 오래 생각할 것도 없이 천검신문 태문주라고 대답할 것이다.

그런 천검신문 태문주의 약속이라면 신용할 수 있다. 더구나 패가수는 거짓을 모르는 사내다. 없는 말을 있는 것처럼 꾸밀 사내가 아니다.

"한 시진 후에 내 수하 십만 명이 이곳을 공격할 것이다. 너는 울전대를 이끌고 그들을 맞이해 싸워라."

패가수는 끝까지 무타락을 막다른 벼랑으로 몰지 않고 빠져나갈 길을 만들어주었다.

그에게 무조건 항세검을 무시하라고 요구한다면 절대로 듣지 않을 것이다.

그러나 패가수는 그가 항세검을 무시하지도 않고, 서장에 대한 충절을 버리지도 않는 최선의 방법을 제시했다.

패가수의 토벌총군 십만이 이곳 대남궁을 공격한다면 남궁산은 당연히 울전대에게 그들을 맞이하여 싸우라고 명령할 것이다.

그럼 무타락은 그 명령에 따르기만 하면 된다. 울전대를 모두 이끌고 토벌총군을 맞이하여 싸우면 되는 것이다. 그리고 그다음은 패가수의 몫이다.

패가수가 어떻게 할지는 어렵지 않게 짐작할 수 있다. 하지만 마음으로부터 남궁산을 따르지 않기 때문에 무타락은 남궁산이 어찌 되든 알 바 아니다.

단지 남궁산의 명령에만 따르면 되는 것이다. 남궁산 제 스스로의 목을 조르는 명령을 말이다.

그 대가는 참으로 가슴 떨리는 것이다. 서장인 모두가 중원에서 살 수 있다는 약속이다.

그렇게만 될 수 있다면 구태여 피를 흘리고 무수한 희생을 치르면서 전쟁을 벌일 이유가 없다.

율가륵도, 패가수도, 무타락도 결코 전쟁에 미쳐서 날뛰는 전쟁광이 아니다.

그들이 삼황사벌을 일통하고 군사를 일으켜서 머나먼 중원 땅으로 온 이유는 오로지 비옥한 중원 땅을 차지하여 그곳에 서장인들을 정착시키도록 하기 위해서였다.

그러기 위해서는 어쩔 수 없이 전쟁이라는 최악의 선택을 할 수밖에 없었던 것이다.

그러나 서장인들이 중원에서 한인들과 섞여서 화목하게 살 수 있다는, 수천 년의 희원이 이루어질 수 있는데 무엇 때문에 전쟁을 하겠는가.

패가수는 무타락을 똑바로 주시했다. 처음이나 지금이나 담담한 표정에는 변함이 없다.

예전 같으면 이런 상황에서 단단하게 굳은 표정을 지었을 텐데 유유한 것을 기개세에게서 조금 배웠다.

패가수는 기개세의 모든 점을 좋아하기 때문에 그를 보면서 무엇이든 배우려 노력하고 있었다.

그의 신적인 능력은 닿을 수 없는 곳에 있어서 불가능하지만, 그의 몸가짐과 분위기, 그리고 언행 같은 것만이라도 닮으려고 애썼다.

"그렇게 해줘야겠다."

패가수는 조용히 말을 끝냈다. 무타락의 대답은 들으려고도 하지 않았다.

예전의 그였다면 '해주겠나?' 하고 부탁조로 말했을 것이다. 하지만 방금 그것은 명령조이며 기개세의 방식이다.

"우리는 한 시진 동안 이곳에 있겠다."

점입가경이다. 적진 한복판에 잠입해서 울황태신 무타락에게 얼토당토않은 명령을 해놓고는 숨지도 않고 토벌총군이 공격을 할 때까지 그냥 이곳에 있겠다는 것이다. 두둑한 배짱 역시 기개세에게서 배운 것이다.

패가수는 일어나서 아미에게 공손히 말했다.

"한잔하시겠습니까?"

이런 상황에서 기개세라면 분명히 술이라도 한잔하면서 시간을 보내려고 할 것이다.

아미는 화사하게 미소 지었다.

"마다할 이유가 없지요."

기개세와 연관된 사람들 중에서 술을 못하는 사람은 없다. 하물며 그의 아내들이야 오죽 술을 좋아하겠는가.

저벅저벅.

그때 무타락은 서가로 걸어가서 무엇인가를 손에 쥐고 패가수에게 다가오더니 탁자에 내려놓았다.
 탁!
 그것은 조금 전에 무타락이 우울한 심정이나 달래보려고 마시려 했던 고급 명주다.
 하지만 이제는 술이 필요하지 않다. 우울한 기분이 씻은 듯이 사라졌기 때문이다.
 무타락은 술병을 내려놓고는 가타부타 한마디 말도 없이 방을 나가 버렸다.
 이제부터 십만 토벌총군의 공격에 대비하여 수하들에게 준비를 시켜야 하기 때문이다.
 아주 특별한 준비를.

 과거 태극문주 도기운이 사용하던 전각을 지금은 남궁산이 사용하고 있다.
 그는 지금 기분이 아주 좋은 상태다. 무림을 제패하겠다는 결심을 하고 자금성을 훌쩍 떠난 지 불과 사십여 일 만에 악양성을 중심으로 오백여 리 일대 무림계를 완전히 수중에 넣었기 때문이다.
 계속 이런 쾌조의 상태로 나간다면 무림 전체를 장악하는 데에는 채 일 년도 걸리지 않을 것이다.
 지금 그는 남궁세가의 측근들과 함께 내실에서 술자리를

벌이고 있는 중이다.

그에게 자금성을 떠나 이 기회에 텅 비어 있는 무림을 도모하자는 제안을 했던 양종은 이즈음에 그의 오른팔인 책사가 되어 있었다.

지금 남궁산은 자금성에서 울황제가 되겠다고 전전긍긍하던 때하고는 비교조차 할 수 없을 정도로 기분이 좋고 또 행복에 겨웠다.

지금이야말로 정말로 황제가 된 기분이다. 무림의 황제가 될 날이 오래지 않았는데 지금 미리 기분을 내는 것도 나쁘지 않았다.

그는 현재 악양성 오백여 리 이내의 방, 문파 삼십여 개를 장악했다.

그들 삼십여 방, 문파는 그 지역의 패자들이기 때문에 그들만 장악하면 나머지는 자연히 복종하게 되어 있다.

남궁산은 그들 삼십여 방, 문파에서 쓸 만한 고수들을 차출하여 이곳에서 무술연마를 시키고 있다.

차출한 고수는 하나의 방, 문파에서 약 백 명씩 도합 삼천 명이다.

영역을 더 넓히면 더 많은 고수들을 차출하여 세력을 확충할 수 있다.

그런 식으로 점점 영역과 세력을 키워 나가면 나중에는 울제국이든 천검신문이든 두렵지 않게 될 터이다.

그러다가 수틀리면 한판 붙을 수도 있다. 진정한 대륙의 패자 자리를 놓고 최후의 전쟁을 벌이는 것도 나쁘지 않다. 충분히 이길 자신이 있다.

"하하하하! 자, 마시자!"

그런 생각을 하자 남궁산은 자꾸 웃음이 나오는 것을 참을 수가 없었다.

지금 그의 곁에는 아리따운 소녀가 다소곳이 앉아서 술시중을 들고 있다.

양화(梁花). 양종의 막내여동생이다. 올해 십칠 세이며 재색을 겸비한 미녀다.

양종은 자신의 막내여동생이 남궁세가의 가주인 남궁산의 부인이 되기를 희망하고 있다.

남궁산은 자신의 곁에 붙어 앉아서 마치 입 안의 혀처럼 감칠맛 나게 시중을 들고 있는 양화가 싫지 않았다.

아니, 자신보다 열 살이나 연하이며 청초하면서도 순수한 그녀가 몹시 마음에 들었다.

그가 남궁세가에서 쫓기던 시절에 생사를 함께했던 정혼녀는 이미 잊어버렸다.

북경성에 있을 때에는 가끔 그녀를 찾아가서 회포를 풀기도 했으나 이곳으로 오면서 아예 떼어놓았다.

남자에게 힘만 있으면 천하에 널린 것이 여자라고 생각하기 때문이다.

저벅저벅.

그때 문이 열리고 울황태신 무타락이 큰 걸음으로 성큼성큼 걸어 들어왔다.

술이 거나하게 취한 남궁산은 눈을 반개하고 거만한 자세를 취했다.

"무슨 일이냐?"

사람은 환경에 길들여진다. 남궁산도 마찬가지다. 항세검이 자신에게 있는 한 울황태신이나 울전대는 기르는 개와 다름이 없다는 생각을 하고 있다.

또한 꽤 오랫동안 그들을 손가락 하나만으로 부리다 보니까 이제는 그들에 대한 존중심 같은 것은 눈곱만큼도 없다.

자신이 무림황제가 되면 가장 먼저 죽여야 할 놈들이 바로 울전대다. 어쨌든 서장인이 아닌가.

무타락은 남궁산에게서 다섯 걸음쯤에서 우뚝 멈춘 후 정중히 입을 열었다.

"일단의 무리가 이곳으로 진격해 오고 있습니다. 공격할 것 같습니다."

남궁산은 술에 취해서 벌건 얼굴로 거들먹거렸다.

"그런 것은 일일이 내게 보고할 것 없이 네가 알아서 처리하면 될 것 아니냐?"

"알겠습니다."

무타락이 몸을 돌려 문으로 걸어가는데 남궁산이 대수롭지 않은 듯한 얼굴로 옆에 앉은 양화에게서 술잔을 받으며 물었다.

"도대체 어떤 놈들이고 또 얼마나 되느냐?"

"울제국 토벌총군이며 십만입니다."

무타락은 뒤돌아보지 않고 걸어가면서 대답했다. 얼마 전 같으면 돌아서서 예를 취하며 대답을 해야 마땅하다.

하지만 그는 지금 작은 저항을 하고 있는 것이다. 남궁산의 권세가 얼마 남지 않았음을 확신하기 때문이다.

남궁산은 술이 확 깼다.

"토벌총군… 십만……"

그는 패가수의 의제였으므로 토벌총군이 울고수 중에서도 막강하다는 사실을 잘 알고 있다.

"패가수가 직접 왔다는 것인가?"

무타락에게 묻는 것이 아니라 혼잣말이다.

남궁산은 토벌총군 십만이 움직였다면 자신을 표적으로 삼은 것이 틀림없다고 판단했다.

패가수가 토벌총군을 직접 이끌고 왔을 것이다. 철뇌옥에 감금된 그가 어떻게 그럴 수가 있는지 잠시 궁금했으나 지금은 그게 중요한 것이 아니라는 사실을 깨달았다.
 "나가서 싸워라! 한 명도 들여보내서는 안 된다! 그리고 모조리 죽여라!"
 남궁산은 외치듯이 명령했다. 그는 울전대가 있는 한 토벌총군쯤은 걱정하지 않아도 된다고 생각했다.
 하지만 그는 몹시 긴장하고 있어서 무타락이 예를 취하지도 않고 나갔다는 사실을 모르고 있다.

 남궁산은 서둘러 술자리에서 나와 양종만 데리고 대전으로 향했다.
 울전대가 잘 처리할 것이라고 생각하면서도 불안감을 떨쳐 버리기가 어려웠다.
 "가주, 울전대는 무적입니다. 천검신문 태문주 일행마저도 격퇴하는 것을 보셨잖습니까?"
 "그렇지?"
 "물론입니다. 내일 새벽에 동이 트기도 전에 울전대가 패가수와 토벌총군의 전멸 소식을 보고할 것입니다."
 남궁산의 불안을 짐작한 양종이 그를 위로했다. 그리고 그것은 꽤 효과를 보았다.
 남궁산은 주먹을 꽉 쥐어서 허공에 흔들며 아쉽다는 표정을 지었다.

"내가 지금보다 좀 더 세력을 키우면 누구도 두려워하지 않을 텐데 말이야."

"당금무림에서 가주는 무적이시기 때문에 천천히 하셔도 됩니다. 기초를 튼튼하게 다져야만 훌륭한 세력을 만들 수 있습니다."

걸음을 멈추고 남궁산은 양종을 쳐다보며 부연 눈빛으로 말했다.

"양종, 너는 정말 내게 형제 같은 친구다."

"혀, 형제라니요? 감당하기 어렵습니다, 가주."

두 사람은 대전으로 들어서 정면에 보이는 태사의를 향해서 걸어갔다.

저벅저벅.

남궁산은 비어 있는 태사의에 앉으려고 단상으로 올라섰다.

"헉!"

그 순간 그는 혼비백산하고 말았다.

방금까지만 해도 비어 있던 태사의에 한 사람이 꼿꼿한 자세로 앉아 있는 것을 발견했기 때문이다. 어떻게 그럴 수가 있는지 귀신이 곡할 노릇이다.

더구나 그 사람은 다름 아닌 패가수였다. 그는 싸늘하기 짝이 없는 표정에 이글거리는 두 눈으로 남궁산을 쏘아보고 있었다.

"혀, 형님……."

패가수를 보는 순간 남궁산은 머릿속이 텅 비어버렸다. 그래서 지금이 어떤 상황인지, 자신이 어떤 위치에 있는지도 잠시 망각한 채 예전에 부르던 '형님' 이라는 호칭을 사용하고 말았다.

그는 단지 자신이 패가수에게 뭔가 크게 잘못했다는 사실만 막연하게 느끼며 숨이 꽉 막혔다.

"가주! 위험합니다!"

"헛!"

그때 뒤에 있던 양종이 짧고 나직하게 외치며 경종을 울려주는 바람에 남궁산은 퍼뜩 정신을 차렸다.

찰나지간에 그의 머리가 빠르게 회전했다. 패가수가 울전대의 벽을 뚫고 어떻게 이곳까지 잠입했는지는 모르지만 남궁산 자신은 패가수의 적수가 못된다.

그러므로 일단 이곳을 당장 벗어나는 것이 급선무다. 벗어나기만 하면 누구에게든 도움을 청할 수가 있다. 그다음에는 그들이 알아서 패가수를 처리할 것이다.

파앗!

생각이 끝나자마자 남궁산은 번개같이 몸을 돌려 대전 입구를 향해 신형을 날렸다.

양종이 어떻게 되든 상관없다. 일단은 나만 이곳을 벗어나면 된다는 생각이다.

조금 전에 그를 '형제'라고 말했던 일은 이미 까마득히 잊어버린 상태다.

한 번 윗사람을 배신했던 그가 아랫사람을 헌신짝처럼 내버리는 일은 어려운 것이 아니다.

하지만 남궁산은 대전을 벗어나지 못했다. 대전 입구에 방금 천상에서 하강한 듯한 눈부신 미모의 아미가 우뚝 버티고 서 있는 것을 발견했기 때문이다.

"으헛!"

그는 아미가 누군지 잘 알고 있다. 그녀가 자금성에서 어떤 신기를 보였는지 똑똑하게 기억하고 있다. 그러니 그녀와 정면으로 부딪치는 것은 자살 행위다.

앞에는 아미가 버티고 있고, 뒤에는 패가수가 있다. 이거야말로 전문거호후문진랑의 절체절명의 위기다.

"큭!"

그때 뒤에서 답답한 외마디 신음성이 들려서 남궁산은 본능적으로 고개를 돌렸다.

"……"

순간 그는 그 자리에 얼어붙었다. 저만치 십여 걸음 거리에 양종이 도망치려는 자세로 서 있었다. 그런데 그의 어깨 위에

허물어진 무림황제 247

머리가 없다.

그의 머리는 어깨에서 분리되어 허공으로 둥실 떠오르고 있는 중이었다.

그리고 태사의에서 몸을 일으켜 우뚝 서 있는 패가수의 손에는 은은한 반투명의 검, 즉 무형검이 쥐어져 있었다.

그가 태사의에서 삼 장이나 떨어진 거리의 양종의 목을 무형검으로 잘랐다는 뜻이다.

"무… 형검……."

넋이 빠져버린 듯한 중얼거림이 남궁산의 입에서 새어 나왔다. 그는 방금 자신이 목격한 것이 무엇을 의미하는지 잘 알고 있다.

패가수가 화경의 경지에 도달했다는 뜻이다. 그는 비단 무공을 회복했을 뿐만 아니라 인간으로서 가장 높은 경지에 도달한 것이다.

남궁산은 다리의 힘이 풀렸다. 이젠 다 틀렸다. 언제나 자신의 주위에서 호위하던 수백 명의 울황고수가 왜 보이지 않는 것인지에 대해서도 생각이 미치지 않았다. 너무 당황했고 또 겁을 집어먹었기 때문이다.

"혀, 형님, 소제가 눈이 멀었나 봅니다. 부디 불쌍히 여기셔서 용서하십시오. 크흐흑!"

그는 패가수를 향해 무릎을 꿇고 온몸을 와들와들 떨며 눈물콧물을 쏟아냈다. 이제 마지막 방법은 구차하게 용서를 비는 것뿐이다.

그 순간 그가 꿈꾸었던 무림황제의 꿈도 함께 허물어져 내리고 있었다.

패가수는 남궁산을 향해 천천히 걸어갔다.

저벅저벅.

이윽고 남궁산 앞에 멈춘 그는 착잡한 표정을 지었다.

"산, 너는 실로 어리석구나."

"크흐흑! 그렇습니다, 형님. 소제는 너무도 어리석었습니다! 차라리 죽여주십시오!"

남궁산은 두 팔로 패가수의 발을 끌어안으면서 미친 듯이 울음을 터뜨렸다.

그러면서도 그는 어쩌면 패가수가 용서해 줄지도 모른다는 얄팍한 생각과 기회를 엿봐서 그를 급습해야겠다는 악독한 생각을 품었다.

"네 생각이 그렇다면 죽어라."

하지만 남궁산의 그 꿈마저도 여지없이 짓밟혔다.

"형님……"

그는 어이없는 표정으로 고개를 들다가 움찔 몸이 굳었다.

자신을 굽어보는 패가수의 으스스한 얼굴을 발견했기 때문이다.

허물어진 무림황제

순간 그는 절망을 느꼈다. 패가수는 화경에 이르렀을 뿐만 아니라 성격도 예전의 그가 아니다. 비는 것은 더 이상 무의미한 일이다.

퍽!

"큭!

순간 패가수가 남궁산의 복부를 가볍게 걷어찼다. 남궁산은 답답한 신음과 함께 허공으로 붕 떠올랐다.

찰나 패가수의 무형검에서 뿜어진 흰 빛살이 허공을 뻗어 나가서 남궁산의 목을 갈랐다.

第百六十八章

천마(天魔) 이반

대사부

"소저, 이상한 일이에요."

다나의 심부름으로 밖에 나갔다가 들어선 시녀가 그녀에게 종종걸음으로 다가오며 바깥쪽을 힐끗거렸다.

"밖에 지키고 있던 자들이 한 명도 보이지 않아요."

시녀는 탁자 앞에 앉아서 책을 읽고 있는 다나의 귀에 입을 바짝 대고 소곤거렸다.

다나는 별로 신경 쓰지 않았다. 남궁산에게서 도망칠 수 있다는 희망을 이미 버렸기 때문이다.

그녀에게 남궁산은 악마다. 이곳에 온 이후 그는 이따금씩 다나를 찾아와서 여러 방법으로 유혹하고 또 회유하려고 점 잖은 체했으나 그녀의 반응은 언제나 냉담했다.

그렇기 때문에 머지않아서 남궁산이 인내를 포기하고 거친 행동으로 나올 것이라고 다나는 예감하고 있었다.

만약 그런 일이 벌어진다면, 다나는 더럽혀지기 전에 패가수를 그리워하는 사랑을 가슴에 가득 안은 채 스스로 목숨을 끊을 결심을 했다.

"제가 다시 한 번 살펴보고 오겠어요."

시녀는 그렇게 말하고 몸을 돌리더니 갑자기 단말마의 비명을 질렀다.

"악!"

그 순간 다나는 움찔 놀랐다. 그녀는 마침내 올 것이 오고야 말았다고 생각했다. 필경 남궁산이 온 것일 게다. 그래서 시녀가 소스라치게 놀란 것이다.

하지만 예상했던 것보다 빨랐다. 아직 사랑하는 패가수에 대한 마음도 제대로 정리하지 못했거늘.

"다나."

그때 그녀의 등 뒤에서 너무도 다정하고 포근한 목소리가 들렸다.

남궁산의 목소리가 아니다. 그처럼 파렴치한 자의 목소리가 이렇게 영혼을 끌어당길 리가 없다.

"……."

다나는 무엇엔가 홀린 듯이 일어나서 천천히 돌아섰다.

그리고 거기에 태산처럼 당당하게 우뚝 서 있는 패가수의 모습을 발견했다.

"패가수님……."

다나는 이것이 정녕 꿈이라고 생각했다. 현실에서는 절대로 일어날 수 없는 일이기 때문이다.

그런데 그 꿈속에서 나타난 듯한 패가수가 천천히 손을 뻗어 다나의 뺨을 쓰다듬었다.

이렇게 손바닥에 사랑과 정열을 가득 담아서 다나에게 보낼 수 있는 사람은 천하에 한 사내뿐이다.

"저… 정말… 패가수님… 이신가요?"

"그래, 나야."

패가수는 그녀의 손을 자신의 뺨에 대주었다.

"아아……."

격렬한 전율이 다나의 온몸을 폭풍처럼 훑는가 싶더니, 급기야 그녀는 패가수의 품속으로 온몸을 내던졌다.

"패가수님!"

패가수는, 그리고 다나는 이제 더 이상 소원이 없다.

*　　*　　*

제남성 외곽의 어느 장원.

스르릉!

지하 깊은 곳에 있는 연공실의 석문이 열리고 한 명의 장발인이 걸어나왔다.

평범한 흑색의 경장 차림이며 머리카락이 엉덩이까지 치렁치렁 자란 모습이다.

그런데 얼굴이면 얼굴, 체격이면 체격 어느 것 하나 완벽하지 않은 것이 없다.

인간 중에서 가장 아름답다는 표현이 걸맞을 정도로 절대완미를 갖추고 있는 남자다.

그는 다름 아닌 이반이다. 원래 짝을 찾기 힘들 정도로 준수한 용모였으나, 천마경을 완성하고 나서 인간의 껍질을 벗어버리고 최고의 아름다운 사내로 거듭난 것이다.

그는 어린 소년과 소녀 이천 명의 동혈(童血)로 천마경의 전반부를 완성했고, 이후 폐관에 들었다가 방금 전에 후반부를 완성시켰다.

이제야 비로소 그는 진정한 천마가 된 것이다. 악의 절대자인 천마의 탄생이다.

문득 이반의 입가에 한줄기 미소가 피어났다. 보는 사람이 남자든 여자든 심장을 떨리게 만들 아름다운 미소다. 하지만 그것은 천마의 마소(魔笑)다.

"후후후… 이제 누가 나를 거스르겠는가."

천하를, 아니, 자신 이외의 모든 것을 오시(傲視)하는 유아독존적인 말이다.

이윽고 그는 통로 끝에 있는 위로 뻗은 계단을 향해 천천히 걸음을 옮겼다.

그런데 그의 모습이 흐릿해지더니 어느새 계단 아래에 이르렀고, 그런가 싶은 순간 이미 계단 꼭대기에 이르렀다.

신법이 아니다. 그것은 공간이동이다. 하지만 이 놀라운 능력은 천마로서 발휘할 수 있는 모든 것의 만분의 일에도 미치지 못한다.

스으……

그가 손을 대기도 전에 문이 저절로 열리고, 그는 문밖으로 미끄러져 나갔다.

"쾌별주."

그는 나서자마자 수라쾌별주를 불렀다. 폐관하는 동안 그는 완벽한 계획을 짜두었다.

그것대로만 하면 남궁산을 제거하고 천검신문을 붕괴시키는 것은 손바닥을 뒤집는 것처럼 쉽다.

그런데 잠시 기다려도 쾌별주가 나타나지 않았다. 이반은 두 번 그를 부르지 않았다.

이 장원 전체에 사람이 한 명도 없다는 사실을 이미 감지했기 때문이다.
 수라쾌별주는 물론이고 이 장원에서 이반을 기다리고 있어야 할 신삼별조의 우두머리들이 아무도 없다.
 그가 폐관을 하는 동안 무슨 일이 있었는지는 모르지만, 한 가지만은 분명히 알 수 있다. 신삼별조가 배신을 했다는 사실이다.
 하지만 이반은 화를 내지 않았다. 그 대신 입가에 매혹적인 미소를 떠올렸다.
 "재미있어지는군."

 *   *   *

 장원에 일단의 인물들이 태풍처럼 들이닥쳤다.
 패가수를 비롯한 울황태신과 신삼별조의 우두머리들이다.
 "저깁니다."
 수라쾌별주가 한쪽의 문을 가리키면서 먼저 달려가더니 문을 활짝 열었다.
 그곳은 지하 연공실로 통하는 입구다. 패가수는 계단 아래로 나는 듯이 쏘아 내려갔고, 그 뒤를 울황태신과 신삼별조의 우두머리들이 따랐다.

원래 신삼별조의 우두머리들은 이반의 명령으로 이 장원에서 대기하고 있었다.

기개세에게 죽은 무한겁별주 후임으로 얼마 전 이반에 의해서 새로운 별주가 임명된 상태였다.

남궁산을 죽이고 항세검을 손에 넣은 패가수는 울제국의 실권을 손에 넣기 위해서 여러 지역에 흩어져 있는 각 조직의 우두머리들에게 전서구를 보냈다.

이곳 장원에서 대기 중이던 세 명의 별주에게도 당연히 전서구가 도착했고, 그들은 그 길로 패가수에게 달려갔던 것이다.

패가수는 모두에게 천검신문 태문주의 약속, 즉 '서장인들이 칼을 놓으면 중원에서 모두 함께 살도록 해주겠다' 라는 사실을 말해주었다.

그 말에 남궁산의 항세검에도 굴복하지 않았던 신삼별조를 비롯한 대부분의 조직은 승복하고 말았다.

이제 전쟁은 지긋지긋한데다가 중원에서 살 수 있는 목적을 달성할 수 있기 때문이다.

그러나 패가수의 말에 반발하는 자들도 있었다. 이를테면 이반에게 붙어서 장차 막강한 권력을 보장받았던 칠군대도독이나 승상 이하 삼십 명 중에서 십오륙 명 정도였다. 그들은 자신들의 권력이 사라지게 되는 것이 싫은 것이다.

패가수는 긴말하지 않고 그들 모두를 가차없이 죽여 버렸다. 사소취대(捨小取大). 대를 위해서 소를 희생할 수밖에 없었다.

우르릉!

연공실 석문이 열리자마자 패가수와 우두머리들이 동시에 안으로 들이닥쳤다.

그러나 패가수가 기대했던 것과는 달리 석실 안은 텅 비어 있었다.

그는 맥이 탁 풀렸다. 이반만 제압하면 울제국의 일은 모든 것이 정리되는데 마지막 하나가 틀어져 버렸다.

기개세는 누구도 할 수 없는 일, 즉, 서장인들이 중원에서 살 수 있도록 해주었다.

그는 그것을 중원의 한인들에게 이해시켜야만 할 것이다. 또한 서장인들을 중원에서 살게 하려면 그에 따르는 일이 한두 가지가 아니다.

하지만 그것은 기개세의 몫이다. 패가수나 서장인들로서는 어떻게 할 수 없는 일이기 때문이다.

반대로 울제국을 재정비하는 일은 패가수의 몫이다. 그는 어떻게 하든지 울제국을 수중에 넣어서 모두 무기를 버리게 만들어야만 한다.

그런데 마지막에서 제동이 걸려 버렸다. 이반이 사라졌다는 것은 천마경의 후반부를 완성했다는 의미다.

패가수는 수라쾌별주의 말을 듣고 무슨 일이 있어도 이반이 천마경을 완성하기 전에 제압하려고 했다.

그래서 이곳에 울전대와 신삼별조 전체를 이끌고 왔다. 그 정도면 이반을 상대할 수 있을 것이라고 판단했다.

하지만 이반이 사라졌다. 패가수는 마지막 정리를 하지 못하게 되었다.

그러나 그보다 더 큰 걱정은 천마가 된 이반이 앞으로 무슨 짓을 저지를지 모른다는 사실이다.

하나는 짐작할 수 있다. 그가 무슨 짓을 저지를지는 몰라도 필경 경천동지의 대사건일 것은 분명하다.

　　　　　*　　　*　　　*

패가수가 먼저 실행을 했다.

그는 울제국 황제의 자리에 오르지 않고 울제국 휘하의 조직들을 차근차근 해체해 나갔다.

항세검을 수중에 넣은 지 두 달이 지날 무렵에는 울제국이 완전히 해체된 상태다.

그리고 그 자리를 대신 메운 것이 남경성을 중심으로 세웠던 대명국이다.

자금성에 새로 자리를 잡은 대명국은 국호를 옛 이름인 '명(明)'으로 하고 일사불란하게 국정을 다져 나갔다.

대명국의 황제인 주명옥은 그곳에서 선정을 베풀어서 백성들로부터 존경을 한 몸에 받고 있었다.

주명옥은 대명국에서의 신하들을 한 명도 빠짐없이 데리고 와서 대명제국의 신하로 등용했다.

천하의 백성들은 울제국이 무조건 항복을 하고 대명제국이 다시 중원을 통치하게 된 것을 충심으로 기뻐하여 천하 곳곳에서 연일 축제와 잔치가 끊이지 않았다.

중원에 대명천하가 찾아왔다. 또한 백 년에 한 번 있을까 말까 한 대풍년이다. 그야말로 겹경사다.

백성들은 이 모든 축복이 천검신문 태문주의 은덕이라고 칭송의 노래를 불렀다.

무기를 버린 모든 서장인들은 하북성 남쪽 동광(東光)의 광활한 평야에서 지내게 되었다.

서장인들은 가족을 포함해서 대략 이백오십만 명쯤 되는 엄청난 수였다.

하지만 동서로 삼백여 리, 남북으로 이백오십여 리에 이르는 드넓은 땅이어서 이백오십만 이상이 산다고 해도 문제될 것은 없었다.

땅은 대명제국이 내놓았으며, 그 외에 필요한 모든 것들은 천검신문에서 대주었다.

예를 들면 파종할 때 사용할 여러 종류의 씨앗과 추수할 때까지 지낼 넉넉한 식량, 네 명당 한 마리씩의 가축, 한 가족에 한 채씩 집을 지을 수 있는 자재, 그리고 한 가족당 은자 백 냥씩을 고루 나누어 주었다.

어업에 종사하고 싶은 사람에게는 배와 장비를, 상업을 하려는 사람에겐 점포를 내주었다.

그리고 고향인 서장으로 돌아가는 극소수의 서장인들에게는 고향에서 재건할 수 있는 충분한 비용을 주었다.

마지막으로 가장 중요한 것, 즉 서장인 모두에게 한인과 똑같은 신분을 증명하는 호구(戶口)를 발급했으며, 한인이 지켜야 하고 또 베풀어지는 모든 법 제도를 서장인들에게도 똑같이 적용했다.

물론 살고 있는 지역에서 언제든지 떠나도 되고 남아 있어도 상관이 없다. 모든 것이 자유다.

전쟁은 끝났다. 그리고 이제 서장인들과의 전쟁은 다시는 일어나지 않을 것이다.

* * *

그러나 아직 전쟁은 끝나지 않았다.

언제든지 중원 전체를 거대한 불바다로 만들어버릴 수 있는 불씨 하나, 이반이 남아 있다.

대부분의 사람들은 전쟁이 끝났으며 평화가 찾아왔다고 한껏 기쁨에 들떠 있었다.

하지만 마지막 불씨 이반에 대해서 끝까지 경계를 늦추지 않는 두 사람이 있다.

바로 기개세와 패가수다.

*   *   *

천검신문 태문주와 측근들은 천검육호문 중 하나인 북경성 뇌룡문을 임시 거처로 삼고 있었다.

북경성 동문 밖에 위치한 뇌룡문은 전각의 수만 백칠십여 채에 달하는 거대한 성채 같았다.

이틀 전에 기개세는 아미, 독고비, 패가수, 그리고 오십 명의 천인사와 함께 서장인들의 정착촌인 동광평야로 떠났다.

특별한 일은 아니고 정착촌에 한 번도 가본 적이 없는 기개세가 패가수의 초청을 받아서 방문하는 형식이다.

기개세는 자신이 집을 비운 사이에 이반의 도발이 염려됐으나 이미 반년 이상 이반의 행적이 발견되지 않았으므로 서장인 정착촌에 다녀오는 며칠 사이에 무슨 일이 벌어질 것이라고는 생각하지 않았다.

그런데 그가 서장인 정착촌에 간다는 말을 듣고 주명옥, 아니, 대명의 황제가 함께 가겠다고 따라나섰다.

그 바람에 행차가 거대해졌으며 매우 느려지게 되었다. 그것은 예상하지 못했던 변수다.

"아……."

잠시 정원을 산책하다가 자신의 방으로 들어서던 소옥군은 깜짝 놀랐다.

탁자에 기개세가 혼자 앉아서 술을 마시고 있는 모습을 발견했기 때문이다.

기개세는 소옥군이 들어온 것도 모르는 듯 창밖을 하염없이 바라보면서 적적한 모습으로 술잔을 입으로 가져가고 있다.

"대가, 어쩐 일이에요? 벌써 돌아오시다니……."

소옥군은 놀라서 한달음에 달려가며 반갑게 외쳤다.

기개세는 소옥군을 보며 미소를 지었다.

"응. 중간에서 돌아왔어."

"어머? 왜요?"

천하제일미라고 해도 손색이 없을 듯한 아름다운 소옥군이 화들짝 놀라면서 평소처럼 기개세의 무릎에 궁둥이를 얹으며 앉아 팔을 그의 목에 둘렀다.
"무슨 일이 있나요?"
기개세는 소옥군의 궁둥이를 쓰다듬으면서 입술을 그녀의 입술로 가져가며 미소를 지었다.
"네가 너무 보고 싶어서 견딜 수가 있어야지."
"대가……."
소옥군은 너무 행복해서 기개세가 평소에 그녀를 '너' 라고 부르지 않는다는 사실을 잊어버렸다.
기개세의 입술이 그녀의 입술과 맞닿으려 할 때 그녀는 사르르 눈을 감았다.
아니, 눈을 감기 직전에 무심코 기개세의 눈이 보였다.
"……!"
사악한 검은빛이 은은하게 감도는 눈빛이다. 기개세가 그런 눈빛일 리가 없다.
놀란 그녀가 번쩍 눈을 뜰 때 기개세의 입술이 그녀의 입술을 덮어 눌렀다.
그리고는 그녀의 입속으로 무언가 뜨거운 기운이 파도처럼 쏟아져 들어왔다.
'이것은……?'
그녀는 소스라치게 놀라서 급히 입술을 떼었다.
하지만 두 입술이 떨어진 상태에서도 기개세의 입에서 붉고 짙은 핏빛의 섬뜩한 운무가 뿜어져 나와 소옥군의 입으로 계속 흘러들어 갔다.

 소옥군은 급히 입을 다물었으나 운무는 그녀의 코를 통해서 빨려들어 갔다.

 "당신, 도대체 누구…….'

 소옥군은 기개세의 무릎에서 급히 일어서면서 날카롭게 외쳤으나 곧 말끝을 흐리면서 몸에 힘이 빠진 듯 그대로 무릎에 주저앉고 말았다.

 기개세는 소옥군의 궁둥이를 부드럽게 어루만지면서 엷은 미소를 흘렸다.

 "옥군아."

 "네."

 "말을 잘 들어야지 착한 사람이다."

 "알겠어요, 대가."

 소옥군은 더없이 공손한 표정과 목소리로 대답했다.

 그녀의 모습은 평소와 조금도 다름이 없다. 뭔가에 홀렸거나 심지가 제압된 모습이 아니다. 평소처럼 아름다운 모습에 눈빛 또한 해맑았다.

 하지만 그녀는 악마의 화신에게 제압된 상태다.

 바로 기개세로 변신한 이반에게 말이다.

 아니, 제압됐다기보다는 그녀는 자신이 앉아 있는 무릎의 주인이 기개세라고 철석같이 믿고 있었다. 그것은 심지를 제압당한 것보다 더 무서운 일이다.

"옥군아, 현재 이 장원에 누가 있느냐?"

이반이 술잔을 기울이면서 묻자 소옥군은 평소와 다름없이 젓가락으로 안주를 집어서 그의 입에 넣어주며 사근사근하게 대답했다.

"천첩을 비롯한 세 명의 부인과 대가의 측근들이 모두 기거하고 있어요."

이반의 입가에 부드러운 미소가 매달렸다.

"자, 그렇다면 이제부터 나와 함께 그들을 한 사람씩 만나보도록 하자."

그 미소는 기개세의 그것과 너무나 닮아 있었다.

"네. 천첩이 안내하겠어요."

소옥군은 이반의 무릎에서 바닥으로 내려 다소곳한 자세를 취했다.

이어서 이반은 소옥군과 나란히 방을 나갔다.

이반은 계획을 완전히 바꿔 버렸다. 남궁산을 죽이고 울제국을 되찾은 후에 천검신문을 상대하는 따위의 번거로운 일들을 하지 않을 생각이다.

그 대신 그는 천하에서 가장 찬란한 문파인 천검신문의 태문주가 되기로 작정했다.

목표를 더 높게 잡은 것이다. 그렇게 되면 울제국의 황제가 되는 것으로는 손에 넣을 수 없는 것들까지도 깡그리 장악하게 될 것이다.

이반과 소옥군이 밖으로 나서자 마주치는 모든 사람들이 극상의 예를 갖추며 절을 올렸다.

[손을 들고 미소를 지으면서 '애쓰는구나'라고 하세요.]

소옥군이 전음으로 이반에게 일러주었다. 물론 이반이 이럴 때는 어떻게 하느냐고 물었기 때문이다. 이반은 심어 같은 것을 쓰지 않는다.

전하고 싶은 것이 있으면 생각 자체가 상대에게 흡수되어 버리는 것이다.

이반은 자신에게 예를 갖추는 천검신문 고수들이나 장원의 하인들에게 일일이 손을 들면서 미소를 지으며 소옥군이 가르쳐 준 대로 '애쓰는구나'라고 해주었다.

소옥군은 모든 것이 정상이지만 이반에 대해서만큼은 비정상이다.

그가 기개세라고 철석같이 믿으면서도 그가 이상한 행동을 보이는 것은 추호도 의심하지 않는다.

오히려 그렇게 하지 말고 이런 식으로 하라고 진짜 기개세의 언행을 가르쳐 준다.

불가사의한 일이지만 이반이 천마이기에 가능한 일이다.

이반은 소옥군을 거느리고 돌아다니면서 불과 반 시진 만에 나운상과 소랑의 심지를 제압했다.

기개세의 모습을 한 이반을 추호도 의심하지 않을 텐데, 거기에 소옥군까지 있으니 그녀들을 제압하는 것은 식은 죽 먹기보다 쉬웠다.

이어서 이반은 세 여자를 좌우에 대동하고 천검총군주 도기운을 찾아갔다.

도기운은 마침 다른 오군주와 함께 차를 마시면서 뭔가 상의하고 있었다.

"주군!"

이반이 세 명의 부인과 함께 들어서자 여섯 명의 군주는 일제히 일어나서 군신지례를 취했다.

"괜찮아. 다들 앉아라."

이반은 온화하게 미소를 지으면서 손으로 앉으라는 시늉을 해 보였다.

이반이 상석에 점잖게 앉고 세 부인이 좌우에 나누어 앉았으며, 천검육군주는 앉지 않고 앞쪽 좌우에 세 명씩 도열해서 섰다.

"새로운 계획이 있어서 자네들과 상의를 좀 해야겠다."

이럴 때는 보통 왜 서장인 정착촌에 가지 않고 돌아왔는지를 먼저 설명하는 것이 기개세다운 행동이지만 이반은 그렇게 하지 않았다.

소옥군이 그렇게 하라고 일러주었으나 수하들에게 그런 것까지 일일이 보고하는 것이 태문주답지 않다는 생각에 그만두었다.

"천검신문을 재정비해야겠다."

이반의 입에서 뜻밖의 말이 흘러나왔다. 제구대 천검신문의 역할이 거의 끝나가고 있는 시점에서 재정비를 해야 될 이유가 없다.

그러나 언제나 그랬던 것처럼 천검육군주는 아무도 뭐라고 묻지 않았고 의아한 표정을 짓지도 않았다.

스파앗!

그 순간 가만히 앉아 있는 이반의 몸에서 느닷없이 여섯 줄기 핏빛 광채가 폭발하듯이 뿜어져 천검육군주를 향해 무섭게 쏘아갔다.

그것은 천검육군주가 도저히 피하거나 막을 수 없는 빠르기여서 앉은 채 꼼짝없이 당할 수밖에 없었다.

퍼퍼퍼어억!

모두의 얼굴에 막 놀라움이 떠오르려는 순간 핏빛 여섯 줄기 광채는 천검육군주의 몸에 동시에 적중됐다.

순간 천검육군주는 일제히 입을 크게 벌리고 온몸을 격렬하게 부르르 떨어댔다.

"흐어억!"

"크아아!"

핏빛 광채는 이반이 다섯 부인에게 주입시킨 천마의 마기와 동일한 것이다. 그것은 상대를 죽이는 것이 아니라 심지를 제압하는 것이다.

이제 천검육군주도 이반의 노예가 될 것이다. 그리고 그가 죽기 전에는 절대 풀리지 않는다.

"요망한 놈!"

키아앗!

그 순간 천검육군주 중에서 기무군이 돌연 어깨의 대도를 뽑는 것과 동시에 일직선으로 이반을 쪼개어오면서 대갈일성을 터뜨렸다.

이반은 가볍게 움찔했다. 자신에 버금가는 실력자인 기개세 정도쯤 돼야 마기가 먹히지 않을 것이라고 생각했는데, 뜻밖에 천검육군주 중에서 그런 인물이 있을 줄은 예상하지 못했기 때문이다.

기실 기무군은 다른 천검오군주와는 달리 천족이라서 이반의 마기에 제압되지 않은 것이다.

천족은 악마의 상극이기 때문에 지상에서 유일하게 천마를 상대할 수 있는 종족이다.

하지만 기무군은 예전에 비해서 두 배 이상 고강해졌으나 아직 천마를 상대하기에는 많이 부족하다.

키우웅!

곧장 짓쳐 온 기무군의 대도가 이반의 정수리를 세로로 무시무시하게 그어 내렸다.

그런데도 소옥군과 나운상, 소랑은 눈도 깜빡이지 않았다. 그런 것이 달라진 점이다.

기무군의 대도가 이반의 정수리에 한 자쯤 이르렀을 때,

푸악!

돌연 기무군의 몸이 산산조각 나서 확 흩어져 버렸다. 마치 탱탱한 만두를 벽에 힘껏 던졌을 때와 같은 광경이다.

천마 이반은 기무군을 막으려고 아무런 행동도 취하지 않고 그냥 가만히 앉아만 있었다.

하지만 적의 공격에 자동적으로 몸에서 마기가 발출되어 기무군을 적중시켰다.

파바바바박!

수천 조각의 육편과 내장 조각이 사방 벽과 천장, 바닥에 도배를 하듯이 발라졌으나 소옥군 등과 도기운 등은 미동조차 하지 않았다.

이반은 하루 만에 뇌룡문 내에 기거하는 천검신문 고수 중

에서 중요한 인물들 백여 명의 심지를 모조리 제압했다.

이윽고 밤을 맞이하여 그는 기개세와 다섯 부인이 통째로 사용하고 있는 전각의 거실에서 세 부인의 시중을 받으면서 느긋하게 술을 마시고 있었다.

이반은 다시 계획을 조금 수정했다. 원래는 천검신문 태문 주가 되어 천검신문을 이용하여 천하를 완전히 장악한 후에 다시 본연의 천마 이반으로 돌아갈 생각이었다.

하지만 기개세의 모습으로 하루를 살아보니까 자신이 천마 이반으로 되돌아가도 이보다 더 멋지게 살 수 있을 것 같지가 않았다.

그렇게 생각하니까 자신이 이반에 대해서 별로 매력을 느끼지 못하고 있다는 새로운 사실을 깨달았다.

그래서 이제부터는 철저히 천검신문 태문주 기개세가 되어 살아가기로 마음을 먹었다.

그가 기개세의 모습을 하고 있기 때문에 불편하거나 어려운 점은 없다.

인피를 쓰거나 역용을 한 것이 아니라, 무엇으로 변하고 싶다고 마음만 먹으면 어떤 모습으로든 자유자재로 변신할 수가 있었다.

그 모습을 유지하기 위해서 공력을 사용하는 것도 아니고, 다른 모습으로 변하기 전까지는 영원히 이 모습을 유지할 수 있기 때문에 터럭만큼도 힘 드는 것은 없다.

 소랑은 이반이 그렇게 하라고 시키지도 않았는데 언제나 그랬던 것처럼 그의 무릎에 올라앉아서 술시중을 들며 아양을 부리고 있다.

 소옥군과 나운상은 이반의 좌우에 찰싹 붙어앉아서 온갖 교태를 부리며 함께 술을 마시고 있다.

 그녀들의 언행은 심지가 제압되기 전하고 조금도 달라진 것이 없었다.

 이반을 철석같이 기개세라고 믿고 있기 때문이다. 그러다가 이반이 원할 때만 심지가 제압된 위력을 발휘하게 된다. 즉, 기개세의 부인으로서 도저히 할 수 없는 행동 같은 것을 말이다.

 이반은 시간이 지날수록 점점 더 기개세의 역할이 마음에 푹 들었다.

 그러면서 그는 빠르게 이반을 버리고 기개세로 동화(同化)되어 가고 있었다.

 자정이 훨씬 넘었으나 이반은 술자리에서 일어날 생각을 하지 않았다.

 웬만큼 술이 오른 소옥군과 나운상, 소랑은 이제 잠자리에 들기를 바라고 있으나 이반은 뭐가 즐거운지 연신 웃으면서 손에서 술잔을 내려놓지 않았다.

사실 이반은 천마가 되면서 하나의 치명적인 희생을 치러야만 했다.

여자와 정사를 할 수 없게 된 것이다. 그렇다고 해서 음경이 없어지거나 남자구실을 못하게 된 것은 아니다.

다만 정사를 하게 되면 여자의 체내에 있는 모든 음기와 혈액의 정기, 즉 혈정(血精)을 흡수해 버리기 때문에 여자가 목내이(미이라)처럼 가죽만 남아서 말라비틀어져 끔찍한 모습으로 죽고 마는 것이다.

그는 천마가 된 이후 여러 곳을 다니면서 수십 명의 여자와 정사를 한 적이 있다. 그런데 그때마다 여자들은 목내이가 되어 죽었다.

왜 그런지는 알지 못한다. 단지 천마의 마기가 너무 강렬해서 여자들이 그것을 견뎌내지 못하는 것이라고 막연하게 추측하고 있을 뿐이다.

이곳에 오기 전까지 이반은 욕정을 느낄 때면 마음에 드는 여자와 거리낌없이 정사를 했다.

그녀들은 목내이가 되어 죽었지만 그는 추호의 가책이나 죄의식도 느끼지 않았다.

그렇지만 그는 소옥군이나 나운상, 소랑하고 정사를 하고 싶은 생각이 없다.

물론 그는 세 여자에게 강렬한 욕정을 느끼고 있지만 그녀들을 죽이고 싶지 않다.

그녀들과 정사를 하여 죽어서 곁에 없으면 이제 막 재미있어지기 시작한 이 새로운 생활이 꽤 많이 피폐해질 것이기 때문이고 계획을 전면적으로 수정을 해야 하기 때문이다.

게다가 그는 각자 개성이 뚜렷하고 또한 아름답기 그지없는 소옥군과 나운상, 소랑이 무척 마음에 들었다.

시간이 지나면 그녀들이 더 사랑스러워질 것이라는 생각마저 들고 있기 때문에 그녀들을 죽인다는 것은 생각하고 싶지도 않았다.

이반은 그냥 자신에게 주어진 모든 것을 한껏 즐기고 싶다. 제구대 천검신문 태문주가 이루어놓은 반석 위에서 그의 모든 것을 만끽하고 싶은 것이다.

第百六十九章

대사부(大邪夫)

대사부

척!

 거대한 뇌룡문 전문 앞에 기개세와 아미, 독고비가 도착하여 나란히 멈춰 섰다.

 전문 양쪽에서 지키고 있는 뇌룡문의 고수 열 명이 두 사람에게 깊숙이 허리를 굽히며 예를 취했다.

 뇌룡고수들은 기개세가 출타하는 것을 보지 못했었기에 적잖이 놀랐지만, 그가 전문으로 나가지 않았을 것이라고 단순하게 생각했다.

 또한 지금 전문 앞에 서 있는 기개세가 장원 안에 있는 기개세와 동일인물일 것이라고 판단했다.

"수고하는구나."

기개세는 손을 들고 미소를 지으면서 전문을 통과하여 안으로 들어갔다.

데리고 갔던 천인사 오십 명은 예전에 기개세가 묵었던 북경성 내의 동풍장으로 갔다.

천족인 천인사들은 행동양식이 일반사람들과 다르기 때문에 따로 거주하는 것이 편하다는 이유로 지금껏 줄곧 동풍장에서 기거해 왔다.

뚝!

장원 안으로 유유자적 걸어 들어가던 기개세가 문득 걸음을 멈추었다.

아미와 독고비는 기개세를 쳐다보다가 그의 얼굴이 굳은 것을 보고 의아한 표정을 지었다. 이어서 그가 쳐다보고 있는 전면의 허공을 바라보았다.

그러나 그녀들의 눈에는 아무것도 보이지 않았다. 그저 여느 때와 다름없이 맑고 파란 하늘이 거기에 있을 뿐이었다.

그때 아미와 독고비는 기개세가 느끼고 있는 것을 동시에 느끼면서 흠칫 놀랐다.

지금 기개세가 주시하고 있는 허공에 마기가 자욱하게 깔려 있었기 때문이다. 그 마기는 뇌룡문 안쪽을 짙고 무겁게 누르고 있었다.
 [대가, 설마 이곳에 천마가 있다는 것인가요?]
 아미는 놀라서 심어로 그렇게 물었으나 대답을 기다리지는 않았다.
 기개세의 생각을 읽었으므로 뇌룡장 안에 천마가 있다는 사실을 알았기 때문이다.
 기개세는 장원 안에 있는 소옥군과 나운상, 소랑에게 심어를 보냈으나 잠시가 지나도 아무런 응답이 돌아오지 않았다. 또한 그녀들의 생각을 읽을 수도 없었다.
 그녀들이 장원 안에 있는 것은 느껴지는데 심어에도 대답이 없고 또 생각이 읽혀지지 않는 이유는 한 가지 경우에만 가능하다.
 '천마에게 제압됐다.'
 그의 생각을 실시간으로 읽은 아미와 독고비의 얼굴에 경악이 가득 떠올랐다.
 아미와 독고비는 아연실색한 표정으로 서로의 얼굴을 마주 보았다.
 천마 이반이 가공할 공격을 해올 것이라고만 예상했지, 이런 상황이 벌어질 것이라고는 예상하지 못했었다. 이반은 무혈입성(無血入城)을 꾀한 것이다.
 그러나 기개세는 서두르지 않았다. 그는 뭔가 깊은 생각에 잠긴 채 규칙적인 걸음으로 성큼성큼 장원 안으로 진입하기 시작했고, 아미와 독고비가 그 뒤를 따랐다.

그녀들은 무슨 일이 생길 것에 대비하여 극한으로 촉각을 곤두세웠다.

뇌룡문은 외장(外莊)과 내원(內院)으로 나누어져 있다. 외장은 뇌룡문의 고수들이, 그리고 내원에는 천검신문 사람들이 기거하고 있다.

기개세와 아미, 독고비는 외장을 똑바로 가로질러 내원 쪽으로 향했다.

외장의 뇌룡고수들은 기개세에게 더없이 공손하게 예를 취했다. 그로 미루어 그들은 아직 천마에게 제압되지 않은 것 같았다.

이윽고 기개세는 외장에서 내원으로 들어갈 수 있는 출입문에 이르렀다.

그는 출입문을 통과하지 않고서 담을 넘거나 하는 방법으로 내원으로 들어갈 수도 있으나 출입문을 지키고 있는 천검고수들이 어떤 반응을 보일지 알아보기 위해서 일부러 그곳을 통과하려고 했다.

"멈춰라."

기개세와 아미, 독고비가 가까이 다가가자 출입문 양쪽을 지키는 두 명의 천검고수가 입구를 가로막으면서 위엄있는 모습으로 제지했다.

그들은 기개세와 아미, 독고비를 똑바로 보면서도 그들을 알아보지 못하는 듯했다.

기개세는 뇌룡문을 떠난 지 이십여 일 만에 돌아왔는데, 그 사이에 이반은 뇌룡문 내원에 거주하는 천검신문 전 고수의 심지를 제압해 놓은 것이 분명했다.

그랬기에 기개세는 물론 아미와 독고비도 알아보지 못하는 것이다.

이반에게 심지가 제압된 사람의 눈에는 기개세와 아미, 독고비가 생판 모르는 사람으로 보이기 때문이다.

"이놈들! 감히……."

천검고수들의 제지에 독고비가 발끈해서 나서려는 것을 기개세가 손을 뻗어 만류하더니 그냥 내처 걸어나갔다.

그러자 방금까지 위압적이던 두 명의 천검고수가 갑자기 좌우로 길을 터주었다.

아미와 독고비가 기개세를 뒤따르다가 쳐다보자 두 명의 천검고수는 우두커니 선 채 눈을 껌뻑거렸다.

기개세가 어떻게 했는지는 모르지만 그가 천검고수들을 저항하지 못하게 만든 것 같았다.

그러나 내원으로 들어선 기개세 일행은 채 열 걸음도 가기 전에 천검고수들의 제지를 받았다.

"멈춰라!"

쩌렁한 외침과 함께 수십 명의 천검고수가 사방에서 쏟아져 나왔다.

기개세는 계속 걸어갔으나 결국 자신이 거처하던 전각 앞에서 진로가 막혀 멈출 수밖에 없게 됐다.

그즈음에는 백여 명이 넘는 천검고수가 기개세 일행을 겹겹이 포위한 상태였다.

그들은 천검사무영단 중에서 우무영대 백 명이었다. 원래 천검오십전단이었으나 천인사 오십 명이 빠지고, 불도고수 백 명은 각기 구대문파로 돌아가서 이제는 원래의 천검사무영대 사백 명만 남은 상태다.

그들 네 개 조직이 돌아가면서 내원을 호위하는데 오늘은 태극문의 태극고수들로 이루어진 우무영대가 호위를 맡는 날이다.

아니나 다를까, 우무영대 역시도 기개세와 아미, 독고비를 일체 알아보지 못했다.

시간이 지날수록 기개세의 얼굴은 차갑게 굳었고, 아미와 독고비는 착잡하게 변했다.

"무슨 일이냐?"

그때 은은한 호통성과 함께 전각 안에서 일단의 무리들이 몰려나왔다.

그들을 발견한 기개세의 눈빛이 가볍게 흔들렸다. 먼저 나온 사람들은 천검육군주의 다섯 명이었다.

 도기운, 나궁조, 담무혁, 유당환, 춘몽이 전각 밖으로 걸어나와서 좌우로 늘어섰다.

 기개세는 천검육군주의 나머지 한 명인 부친 기무군이 보이지 않자 가볍게 움찔했다.

 문득 불길한 예감이 엄습했다. 기무군은 천족이기 때문에 어쩌면 천마 이반에게 심지가 제압당하지 않았을지도 모르는 일이다.

 그래서 천마에게 죽임을 당했을 것이다. 마음으로는 설마 그렇지 않을 것이라고 하면서도 기개세의 냉철한 머리는 빠르게 그런 결론을 내리고 있었다. 더욱 불행한 일은 그 결론이 거의 정확할 것이라는 사실이다.

 '아버지……'

 기개세는 천마가 된 이반 때문에 아직 천검신문을 해체하지 못하고 있었다.

 그래서 이번에 돌아오면 천검신문을 최소한의 정예만 남겨놓은 상태에서 해체하여 모두들 각자 고향으로 돌아가게 하려고 생각했었다.

 이반은 혼자니까 결국 기개세 혼자 상대하게 될 것이라는 생각에서였다.

그런데 부친 기무군이 죽었다. 길게 생각해 보지 않아도 그것은 분명한 사실이다.

만약 기개세가 서장인 정착촌에 가기 전에 천검신문을 해체했더라면 이런 불상사는 일어나지 않았을 것이다.

기개세의 이마와 목에 불끈 힘줄이 돋았다. 짧은 순간 부친과의 추억 수백 가지가 반짝이는 별처럼 뇌리와 망막에 피어났다가 사라졌다.

천족이라고는 하지만, 그리고 그가 천신의 경지에 이르렀다고는 해도 혈육 간의 끈끈한 정마저 벗어던진 것은 아니다.

아버지는 누가 뭐래도 아버지다. 호탕하고 무식한, 그러나 누구보다 아들을 사랑했던 아버지였다.

하지만 그 정도로는 기개세를 발작시킬 수 없다. 게다가 아버지는 죽었으나 죽지 않았다.

그는 천족의 영지(領地)로 귀환한 것뿐이다. 천족은 육신보다 영으로써 존재하기 때문이다.

그때 수하에게 보고를 받고 난 담무혁이 전각 입구 돌계단 위에 우뚝 서서 기개세를 굽어보며 물었다.

"너는 누구냐?"

기개세는 그의 물음을 무시하고 내원 내에 있는 모든 사람들에게 심어를 보냈다.

만약 누군가 한 명이라도 이반에게 심지를 제압당하지 않은 사람이 있다면 응답을 보내올 것이다.

그러나 잠시 동안 기다려도 응답하는 사람은 아무도 없다. 모두 심지가 제압당했다는 뜻이다.

쿵!

"이놈! 누구냐고 묻지 않았느냐?"

기개세가 대답이 없자 담무혁이 가볍게 발을 구르면서 나직이 외쳤다.

기개세는 담담한 얼굴로 담무혁을 쳐다보았다. 저 돌계단 위에 있는 다섯 사람은 예전에 기개세를 위해서 목숨을 초개처럼 버릴 각오가 되어 있는 사람들이었다.

그리고 그의 작은 숨소리에도 전전긍긍하던 측근들이었다. 그런 그들이 지금 발을 구르면서 기개세에게, 아니, 주군에게 윽박지르고 있다.

"담무혁."

기개세는 담무혁을 응시하며 씁쓸한 표정으로 입을 열었다.

"네가 나를 아느냐?"

담무혁이 의아한 표정을 짓더니 이내 조용히 물었다. 심지가 제압됐다고 해서 마인이 된 것은 아니다.

기개세의 표정이 더욱 씁쓸해졌다.

"나는 너를 안다만 네가 나를 모르는구나."

대사부(大邪夫) 289

담무혁은 어이없다는 표정을 지었다.

"무슨 헛소리를······."

기개세는 돌계단 위에 서 있는 천검오군주의 제압된 심지를 풀어볼까 하고 생각했다.

그때 전각 안에서 한 무리의 사람들이 다시 나오는 것을 발견한 기개세의 표정이 확 굳었다.

그의 모습과 너무도 똑같은 또 한 명의 기개세가 소옥군과 나운상, 소랑과 함께 나란히 걸어나오고 있었다.

그런데 그들의 모습은 너무도 다정해 보였다. 평소에 그녀들이 기개세에게 하던 행동을 그대로 하고 있었다.

'이반!'

기개세의 시선이 또 한 명의 기개세, 즉 이반의 얼굴로 날아가서 꽂혔다.

이반과 소옥군은 서로 바라보면서 미소 지으며 무엇인가 다정하게 대화를 주고받고 있었다.

그는 기개세의 출현을 알고 있을 텐데도 일부러 무시하는 것이 분명했다.

그들 뒤로는 진운상과 유정, 오통 삼대명왕이, 그리고 그 뒤에는 도격, 담신기, 우림 등 천검사무영대의 세 명과 천라대주 나신효가 따라 나오고 있었다.

이반과 소옥군 등이 멈춰 서자 천검오군주와 삼대명왕, 삼무영대의 대주들은 좌우에 늘어섰다. 누가 보더라도 주군을 호위하는 수하들의 모습이었다.

기개세와 담무혁의 대화는 이반이 나오는 바람에 자연히 끊어졌다. 하지만 지속되었다고 해도 별다른 소득은 없었을 것이다.

"말도 안 돼……."

기개세 뒤에 서 있는 독고비가 이반과 소옥군 등을 보면서 망연자실한 표정으로 중얼거렸다.

그 옆에 서 있는 아미는 몹시 놀란 표정이었다가 곧 착잡한 얼굴로 이반을 쏘아보았다.

아미와 독고비는 돌계단 위에 서 있는 가짜 기개세가 이반이라는 사실을 이미 알고 있다.

그때 갑자기 독고비가 날카롭게 소리쳤다.

"소옥군! 나운상! 소랑! 너희들이 제정신이냐?"

그녀들이 제정신이 아니라는 사실을 알면서도 그 꼴을 보고 있자니까 분통이 터져서 하는 소리였다.

독고비가 악을 쓰자 그제야 비로소 이반과 소옥군, 나운상, 소랑이 기개세 일행을 쳐다보았다.

그것은 마치 마당에서 웬 낯선 개가 짖으니까 마지못해서 쳐다보는 듯한 모습이었다.

기개세는 이반이 곧 공격 명령을 내릴 것이라고 예상했다.

그럼 생사고락을 함께했던 수하들이 주군과 부인들을 죽이려는 하극상이 벌어질 것이다. 그러므로 그전에 무슨 조치를 취해야만 한다.

"오랜만이로구나, 태문주."

이반은 봄바람처럼 훈훈한 미소를 지으며 기개세에게 말을 걸었다.

그는 소옥군들과 천검신문 고수들이 득실거리는 곳에서 서슴없이 기개세를 태문주라고 불렀다.

그런데도 그 말에 신경 쓰는 사람은 아무도 없었다. 듣지 못한 듯한 모습들이다.

기개세는 담담한 표정으로 이반을 쳐다보았다.

"이반, 과연 너다운 교활한 방법을 사용했구나."

기개세가 이반의 이름을 부르는 데에도 역시 추호의 동요도 일어나지 않았다.

이반은 빙그레 미소 지으면서 두 팔을 벌려 소옥군과 나운상의 허리를 끌어안았다.

"보기가 어떠냐? 행복해 보이느냐?"

소옥군과 나운상은 감기듯이 이반의 품에 안기면서 너무도 행복한 표정을 지었다.

그러자 소랑이 이반의 앞으로 가서 마주 보는 자세로 그를 꼭 끌어안았다.

기개세의 두 눈에서 불꽃이 이글거렸다. 심지가 제압됐기 때문에 그녀들 눈에는 이반이 기개세로 보인다는 사실을 알고 있지만, 막상 눈앞에서 그런 광경을 목격하니까 피가 들끓을 정도로 분노했다.

 아미와 독고비의 분노는 그보다 더했다. 기개세 양쪽에 서서 그의 팔을 잡은 그녀들의 손이 부들부들 떨리는 것이 전해져 왔다.

 하지만 기개세는 곧 냉정을 되찾고 이제는 이곳을 벗어나야겠다고 생각했다.

 더 머물다가 이반이 공격 명령을 내리면 같은 편끼리 싸워야만 하고, 기개세와 아미, 독고비의 손에 수하들이 죽임을 당하는 비극이 벌어지고 말 것이기 때문이다.

 그의 생각을 읽은 아미와 독고비는 끓어오르는 분노를 참으려고 애쓰면서 그에게 몸을 밀착시켰다. 여차하면 기개세와 한 몸이 되어 이곳을 벗어나기 위해서다.

 그때 이반이 빙그레 미소 지으며 말을 이었다.

 "걱정하지 마라. 너와 네 곁에 있는 두 여자는 죽이지 않을 테니까 말이다."

 아미와 독고비는 이반의 미소가 기개세를 닮았다는 사실을 깨달았다.

 "나는 천검신문 태문주라는 신분이 아주 마음에 들었다.

그래서 앞으로 이 신분으로 살기로 결정했다."

"미친놈!"

독고비의 입에서 싸늘한 일갈이 터졌다. 그런데도 이반의 미소는 사라지지 않았다. 그는 소옥군의 뺨에 입술을 비비면서 말했다.

"나는 너를 죽이지 않을 생각이니까 이제 그만 물러가도록 해라."

소옥군은 행복에 겨운 표정으로 이끌리듯이 입술을 이반의 입술로 가져갔다.

기개세는 이반과 소옥군이 뜨거운 입맞춤을 하는 것을 쏘아보면서 속으로 중얼거렸다.

'물러가라고?'

천신의 경지에 오른 그의 눈에도 소옥군이 이반과 입맞춤을 하는 모습은 속을 뒤틀리게 만들었다.

'설마 저놈은……'

기개세는 이반의 속셈을 간파했다. 이반은 천검신문 태문주의 지위를 영원히 차지하고 있으려는 것이다.

천검신문은 중원에 대혈풍이 닥치기 직전에 혜성처럼 출현했다가 모든 일이 마무리되면 해체되어 사라지는 것이 전통이며 율법이다.

그런데 천하가 평화로워졌는데도 천검신문이 사라지지 않

으면 거기에는 수많은 폐단이 따르게 된다.

천검신문은 천족의 문파다. 천신족만이 태문주가 될 수 있다는 뜻이다.

그런데 악마의 결정체인 천마가 태문주가 됨으로써 천검신문의 근간이 뿌리째 뽑혀 버리게 된다.

천검신문은 선을 지향하지만 천마는 악을 지향한다. 서로 지향하는 목표가 근본적으로 다르므로 천마가 태문주로 앉아 있는 천검신문의 향후 향배가 어떻게 될지는 불을 보듯이 뻔한 일이다.

아마도 천검신문은 천하무림의 유일무이한 초대문파(超大門派)가 될 것이다.

위로는 아무것도 없으며 오로지 발아래에 천하를 두고 통치하게 된다.

마음만 먹으면 대명제국의 황제도 손가락으로 부릴 수 있다. 아니, 당연히 그렇게 할 것이다. 그러므로 대륙 전체가 천검신문, 아니, 태문주 행세를 하고 있는 천마 이반의 소유물인 셈이다.

이반이 지금 이 자리에서 기개세를 공격하지 않고, 또 자신이 직접 그를 죽이려고 나서지 않는 데에는 그만한 이유가 있을 것이다.

기개세는 그 이유를 과시와 조롱이라고 생각했다.

천마가 된 이반은 기개세와 일대일로 싸워도 자신이 이길 것이라고 확신할 것이다.

그런데도 기개세를 살려두려는 것은, 이반 자신이 천검신문 태문주가 되어 기개세의 부인들과 행복한 생활을 하면서 그의 모든 것을 누리고 향유하는 것을 실컷 보여주려는 의도가 분명하다.

그보다 더한 복수는 없을 것이다. 지상최고의 지위와 사랑하는 아내들을 뺏긴 채 그것을 바라볼 수밖에 없는 기개세의 심정을 한껏 조롱하는 쾌감은 과연 천마 이반만이 생각해 낼 수 있는 최상의 복수다.

그때 이반이 한꺼번에 안고 있는 세 여자에게 빙그레 미소를 지으며 물었다.

"옥군, 운상, 랑아. 너희들 지금 심정이 어떠냐?"

세 여자는 한껏 교태를 부리면서 이반에게 더욱 안겨들며 입을 모았다.

"행복해요!"

기개세는 그곳에 더 있을 이유를 찾지 못했다.

동풍장으로 돌아온 기개세는 입을 굳게 다문 채 두문불출하고 있다.

이반을 상대하기 위해서 대책을 세우는 것이 아니라 자신과 싸우고 있는 중이다.
 그는 뇌룡문에서의 일로 여태까지 살아오면서 가장 큰 충격을 받았다.
 그리고 그는 그 충격을 극복했다. 천신의 경지에 이르기 전이었다면 필경 극복하지 못했을 것이다.
 하지만 지금 그가 골몰하고 있는 이유는 그보다 훨씬 근본적인 문제다.
 과연 이대로 놔둘 것인가. 아니면 원상태로 되돌려 놓을 것인가, 하는 것이다.
 심지가 제압됐다고는 하지만, 소옥군과 나운상, 소랑은 기개세와 있을 때보다도 지금이 훨씬 더 행복한 것 같았다.
 물론 견해의 차이일 것이다. 모든 것을 다 잃은 기개세가 봤을 때 상실감 때문에 그렇게 생각할 수도 있다.
 얼마 전까지만 해도 기개세에게 충성을 맹세했던 천검오군주와 사무영대, 심지어 친구인 삼대명왕까지도 이반의 수하가 되어 기개세를 적대시하는 것도 그의 심경에 큰 영향을 미쳤다.
 '이대로 괜찮지 않은가?'
 그는 아까부터 계속 그 말을 속으로 반추하고 있다.
 이반이 천검신문의 태문주가 되어 천하를 좌지우지하든 말든 신경을 쓰고 싶지 않았다.

평화로운 천하를 만드느라 그는 아주 먼 길을 힘들게 여기까지 왔다.

어찌 됐든 대명제국은 다시 세워졌고, 서장인과 한인이 중원 땅에서 함께 사이좋게 살 수 있게 되었다.

이반이 아무리 천마라고 해도 그 모든 것들 위에 군림하고 나면 더 이상 악행을 저지를 것이 없을 터이다.

그래서 기개세는 이대로라도 괜찮지 않느냐고 스스로에게 자문하고 있는 것이다.

지금 기개세는 아미와 독고비, 그리고 오십 명의 천인사를 데리고 천문으로 돌아가서 남은 평생 조용히 살고 싶은 생각이 지배적이다.

그때 독고비가 방문을 벌컥 열며 들어섰고 그 뒤를 아미가 조용히 뒤따라 들어왔다.

"무엇을 고민하세요?"

독고비는 기개세의 탁자 맞은편에 앉으며 단도직입적으로 물었다.

"나는……"

독고비는 그의 대답을 들으려는 것이 아니다. 그를 일깨워주려는 것이다.

"대가는 신이에요? 아니면 인간이에요?"

기개세는 의아한 표정으로 그녀를 쳐다보았다.

독고비는 요지부동 흔들리지 않는 표정으로 기개세로 똑바로 마주 쳐다보았다.

"대가 스스로 신이라고 생각하는지 아니면 인간이라고 생각하는지 묻는 거예요."

기개세는 잠시 생각하더니 대답했다.

"나는 인간에 가깝지."

몸과 능력은 신격(神格)이지만 정신은 아직 인간 세상에 많은 미련을 두고 있기 때문이다.

그러자 독고비는 딱 부러지게 말했다.

"그렇다면 인간답게 행동하세요."

"인간답게……."

중얼거리던 기개세는 잠시 후 빙그레 미소를 지으며 고개를 끄덕였다.

"알았다. 인간답게 행동하마."

독고비는 환한 표정을 지었다.

"그러실 줄 알았어요."

독고비 뒤에 서 있는 아미는 조마조마하던 표정을 지우고 안도의 한숨을 토해냈다.

사실 그녀는 기개세가 고민 끝에 마지막으로 어떤 결론을 내릴지 짐작할 수 있었다. 그것을 독고비가 빨리 결단을 내리게 도와준 것이다.

어떤 상황에서는 당사자인 기개세보다 아내인 아미와 독고비가 그를 더 잘 알고 있다.

그렇기 때문에 그가 길게 고민하지 않고 올바른 결론을 내릴 수 있도록 도울 수 있는 것이다.

인간다운 행동. 그것은 뜨거운 피와 감정을 지닌 인간이 느끼는 그대로의 행동을 말한다.

천하의 안위나 평화 따윈 제쳐 두고 순전히 인간으로서 느끼는 감정 말이다.

인간이 아내들과 측근을 빼앗기고, 자신이 지닌 모든 것들을 빼앗겼다면 과연 어떻게 행동할 것인가.

대답은 하나다.

원흉을 죽이고 뺏긴 것들을 되찾는다. 그것이 인간다운 복수인 것이다.

비리릿— 비릿—

기개세가 아미, 독고비와 함께 전각에서 나오자 하늘에서 상비가 반갑게 우짖으며 날아 내렸다.

"상비야."

기개세는 팔에 앉은 상비를 쓰다듬으면서 미소 지었다.

"이럴 때는 네가 사람보다 낫구나."

언제나 소옥군 곁에서 머물던 상비의 존재를 이반은 몰랐었던 것이다.

"마침 잘 왔다."

기개세는 한 가지 생각해 두었던 것을 상비에게 시킬 계획이다. 상비를 천검신문 각 조직으로 보내서 그들을 장악하려는 것이다.

천검신문 각 조직들은 워낙 수가 많기 때문에 북경성에 있지 않고 각 처에 흩어져서 주둔하고 있는 상태다.

기개세는 자신의 모습과 말을 상비의 눈에 저장해서 천검신문 각 조직으로 보내 그들로 하여금 보게 하려는 것이다.

이반은 천검오군주의 심지를 제압하면 천검육군을 장악할 수 있을 것이라고 판단했을 것이다.

천검육군에는 부군주들이 있으며 그 아래에는 수십 명의 중간 급 지휘자들이 있다.

기개세는 그들에게 상비를 보내서 실질적으로 천검육군을 장악하려는 생각이다.

그 외에도 이반이 손을 쓰지 않은 천검중원군 삼십만 명과 천검사도군 삼십만 명도 기개세가 미리 손을 써서 장악할 것이다.

그렇게 되면 이반은 천검신문의 껍데기만 차지한 꼴이 된다.

뇌룡문 내원에 있는 천검신문 고수들은 다 합쳐 봐야 오륙

백 명 정도에 불과하다. 그들로는 절대로 이반이 계획하고 있는 일을 진행할 수 없다.

기개세가 상비를 날려 보내고 동풍장 전문으로 걸어가고 있을 때 갑자기 전문이 열리면서 한 사람이 급히 들어섰다.

"주군, 무사하셨군요."

크게 안도의 표정을 지으면서 무릎을 꿇고 예를 취하는 그는 천라대 북경 지부주 사록이었다.

부복한 사록의 몸이 저절로 펴지고 우뚝 섰다. 기개세가 그리한 것이다.

"사록."

기개세의 입가에 온화한 미소가 떠올랐다. 상황이야 어찌 됐든 측근들이 모두 그에게 등을 돌린 마당에 사록만이 유일한 아군이다.

일개 지부주로서 측근이라고 할 수 없는 신분이지만, 지금의 기개세에겐 천군만마처럼 큰 위로가 돼주었다.

"모두 날 떠난 것은 아니로구나."

"주군……."

기개세의 말에 사록은 걷잡을 수 없이 눈물이 흘렀다.

그는 뇌룡문에 갔다가 내원에 발을 들여놓지도 못하고 문전박대를 당했었다.

그곳의 천검고수들은 모두 그를 알고 있기 때문에 문전박

대는 있을 수도 없는 일이다.

그런데 천검고수들은 그를 외인인 양 취급하고 내쫓았던 것이다. 그래서 뭔가 이상하다는 생각에 부랴부랴 이곳으로 달려온 것이다.

현재 기개세에게는 사록과 그가 이끄는 북경 지부가 유일한 아군인 셈이다.

    *   *   *

이반은 소옥군과 나운상, 소랑과 하루 종일 그림자처럼 붙어서 지냈다.

두 가지 이유 때문이다. 첫째는 그녀들이 좋기 때문이고, 둘째는 혹시 기개세가 그녀들에게 접근할지도 모른다는 생각에서다.

물론 그는 자신의 능력을 믿기 때문에 기개세가 아무리 귀신처럼 잠입을 해도 알아차릴 자신이 있었다. 그래도 혹시나 하는 염려 때문에 그녀들과 붙어 지내는 것이다.

하지만 이반이 그녀들과 떨어져 있는 시간이 있다. 바로 그녀들이 볼일을 보러 측간에 갈 때다.

그녀들 중에 한 명이 볼일을 보러 가는데 이반이 다른 두 여자를 데리고 함께 측간까지 따라갈 수는 없는 일이다.

소변을 보고 난 소옥군은 몸을 일으키려다가 소스라치게 놀라고 말았다. 바로 앞에 한 사람이 우뚝 서 있는 것을 발견했기 때문이다.

그 사람은 기개세다. 하지만 소옥군의 눈에는 어제 뇌룡문 내원에 찾아왔다가 쫓겨난 낯선 사내로 보였다.

속곳을 내린 상태인 소옥군은 기겁을 했으나 벌어진 입에서는 아무 소리도 나오지 않았다. 기개세가 말을 하지 못하도록 했기 때문이다.

민망한 모습과 자세인 상태지만 소옥군의 놀라움은 길지 않았다.

그녀는 번개같이 손을 뻗어 기개세를 공격해 갔다. 하지만 그조차도 여의치 않았다.

손을 뻗으려고 멈칫하는 자세만 취했을 뿐 몸이 말을 듣지 않았다.

그때 기개세의 몸에서 한줄기 투명한 빛살이 뿜어져 소옥군에게 쏘아가더니 수백 가닥으로 갈라져서 그녀의 온몸을 한꺼번에 두들겼다.

하지만 아무 소리도 나지 않았다. 그 대신 소옥군의 입과 코에서 핏빛의 짙은 운무가 흘러나와 허공에서 흩어졌다. 천마의 마기가 제거된 것이다.

그리고는 그 빛살은 기개세에게 회수되지 않고 소옥군의 온몸을 감쌌다.

 그것은 마치 그녀가 투명한 빛으로 만든 옷을 한 겹 입은 듯한 것이다.

 그런 상태라면 외부에서의 어떠한 충격이나 기운도 능히 막아낼 수가 있다.

 소옥군은 경악하는 표정으로 눈을 깜빡거리다가 기개세를 보면서 전음을 보냈다.

 [대가…….]

 기개세는 이반에게 제압된 소옥군의 심지를 해소시켜 주었을 뿐만 아니라 자신이 직접 보고 들은 내용들을 그녀의 뇌리에 심어주었다.

 그녀는 자신과 나운상, 소랑이 저지른 너무도 황당한 짓 때문에 말문을 잇지 못했다.

 그녀는 자기 자신이 죽이고 싶을 만큼 미웠다. 어떻게 기개세를 알아보지 못하고 원수 같은 이반의 품에 안겨서 온갖 교태를 부리며 그와 수없이 뜨거운 입맞춤을 할 수 있었단 말인가.

 [대가… 천첩은…….]

 무슨 말로 변명이 가능하겠는가. 그녀는 그저 비 오듯이 눈물을 쏟으면서 기개세를 바라볼 뿐이다.

[나는 괜찮다.]

소옥군은 쓰러질 것처럼 비틀거리면서 일어나 기개세에게 안겼다.

기개세는 그녀를 부드럽게 안더니 맨살 궁둥이를 쓰다듬으며 미소 지었다.

[이 멋진 둔부를 그런 놈에게 뺏길 수는 없지.]

그는 소옥군의 생각을 읽었기 때문에 이반이 세 아내와 정사를 한 적이 없다는 사실을 알아냈다.

"옥군 언니, 빨리 와요. 대가께서 재미있는 이야기를 해주신댔어요."

들어서는 소옥군을 보고 소랑이 손짓을 하며 재촉했다.

소랑은 언제나처럼 가짜 기개세, 즉 이반의 무릎에 앉아 있고 나운상은 이반의 왼쪽에 앉아서 두 팔과 가슴으로 그의 팔을 꼭 끌어안고 있었다.

소옥군은 조금 전까지만 해도 자신이 이반의 비어 있는 오른쪽에 앉아서 지금 나운상이 하고 있는 것과 똑같은 행동을 했을 것이라는 생각을 하자 기가 막혔다.

"하하! 옥군아, 오줌을 만들어서 싸고 왔느냐? 왜 이렇게 늦은 것이냐?"

이반은 명랑하게 웃으며 농담을 던졌다. 그는 얼굴만 봐도 심지가 제압된 상태인지 아닌지를 알 수 있는데, 소옥군은 여전히 제압된 상태였다.

소옥군은 이반의 오른쪽에 앉아서 그에게 찰싹 달라붙으며 두 팔로 그의 팔을 꼭 안았다.

"하하하! 자, 그럼 얘기를 시작해……."

이반은 명랑하게 웃으면서 입을 열다가 갑자기 말을 흐리며 날카롭게 소옥군을 쏘아보았다.

"너……."

자신의 팔을 꼭 붙잡고 있는 소옥군의 두 손에서 어떤 알 수 없는 기운이 폭포처럼 쏟아져 들어왔기 때문이다.

이반은 벌떡 일어나면서 소옥군을 떼어내기 위해 오른팔을 세차게 떨쳤다.

뿌득!

소옥군은 허공으로 둥실 신형을 날리면서 이반에게서 떨어져 나갔다.

그러나 그녀의 두 손에는 이반의 오른팔이 쥐어져 있었다. 그녀는 물러나면서 그의 오른팔을 어깨에서부터 뽑아버린 것이다.

"아악! 너 대가께 무슨 짓이야"

"미친년! 죽고 싶어서 환장했느냐?"

나운상과 소랑은 얼굴이 창백해져서 소옥군에게 악을 쓰

며 욕을 퍼부었다.

 오른팔이 뽑힌 이반의 어깨에서는 한 방울의 피도 흐르지 않았다.

 그는 자신의 팔을 쥔 채 대여섯 걸음 거리에 내려선 소옥군을 잠시 어이없다는 얼굴로 쳐다보다가 피식 실소를 흘렸다.

 "너는 기개세로구나."

 소옥군은 들고 있던 팔을 한쪽으로 슬쩍 던지며 방긋 아름다운 미소를 지었다.

 "이반, 눈이 맵구나."

 순간 이반의 좌우에 서 있던 놀란 표정의 나운상과 소랑이 어떤 강력한 힘에 의해서 쏜살같이 소옥군 쪽으로 날아와 그녀의 좌우에 내려서졌다.

 동시에 그녀들의 입과 코에서 짙은 핏빛의 운무가 뿜어져 나왔다. 즉, 이반의 마기가 제거된 것이다.

 스으으.

 그때 소옥군의 몸에서 투명한 빛이 오른쪽으로 스며 나오기 시작했다.

 그러더니 그 빛은 소옥군보다 키가 훨씬 크고 건장한 체격을 지닌 사람, 즉 기개세의 모습이 되었다.

 "대가!"

 제정신을 찾은 나운상과 소랑이 기개세를 보며 외마디 비명처럼 외쳤다.

"너희는 물러나 있어라."

기개세의 말에 소옥군은 나운상과 소랑의 손을 잡고 뒤쪽으로 물러났다.

이반은 기개세를 향해 똑바로 서며 씩 미소 지었다.

"후후. 너를 과소평가했구나."

말을 하고 있는 중에 그의 오른쪽 어깨에서 뭔가 희뿌연 물체가 꾸물꾸물 나오더니 어느새 팔의 모양을 갖추었다.

"후후. 너를 죽이지 않고는 천검신문 태문주 노릇을 할 수 없다는 사실을 깨닫게 해줘서 고맙다."

이반은 뒷짐을 지면서 무척 여유있는 얼굴로 말을 이었다.

"어떻게 싸우고 싶으냐? 네가 원하는 대로 해주마. 후후! 어차피 내가 이길 싸움이겠지만."

기개세는 담담한 표정으로 대답했다.

"네가 지니고 있는 가장 강한 솜씨를 발휘해라."

"호오, 단판승부를 하자?"

이반은 가볍게 고개를 끄덕였다.

"원하고 있던 바다. 얼른 끝내고 아내들과 함께 목욕이나 해야겠다."

그즈음 세 여자는 기개세 뒤쪽 벽 가까이 물러나 있었다. 나운상과 소랑은 소옥군에게 그간의 일을 전음으로 듣고 눈물바다를 이루고 있었다.

바로 그때 이반이 '아내들과 함께 목욕'이라는 말을 하자 소름이 오싹 끼쳤다.

세 여자는 매일 한차례씩 이반과 함께 벌거벗은 몸으로 목욕을 했었던 것이다.

스으으.

이반의 모습이 흐릿해지면서 원래의 모습을 되찾았다. 이어서 그는 눈으로 소옥군 등 세 여자를 훑으면서 조롱하듯이 이죽거렸다.

"내가 너라면 다른 사내와 벌거벗고 뒹굴었던 저런 여자들은 당장 찢어 죽일 것이다."

그 말에 소옥군 등은 가책으로 폭포처럼 눈물을 쏟았다. 할 수만 있다면 자신들의 몸을 스스로 찢어발기고 싶은 마음이 간절했다.

기개세는 빙그레 미소 지었다.

"다행스럽게도 나는 네가 아니다."

그의 다음 말은 세 여자를 오열하게 만들었다.

"내 아내들이 그보다 더한 짓을 했더라도 나는 절대로 아내들을 버리지 않는다."

세 여자는 그 자리에 주저앉아 서로를 끌어안은 채 심장을 토해낼 것처럼 울어댔다.

"하지만 안됐구나. 저 계집들은 잠시 후에 다시 내 소유물이 될 테니까 말이다."

이반은 기개세와의 싸움에서 자신이 패할 것이라고는 일푼도 생각하지 않았다.

우르르.

그때 갑자기 지붕 위 하늘에서 은은한 뇌성이 울렸다.

"천지간의 악마의 기운이여, 모여라."

이반이 나직이 중얼거리자 뇌성이 더욱 거세지면서 주위가 한밤중처럼 캄캄하게 변했다.

그 속에서 어둠보다 더 시커먼, 그러나 은은하게 빛나는 흑광(黑光)이 이반을 중심으로 열 개의 층을 만든 채 한 층마다 각기 다른 방향으로 회전하기 시작했다.

그 속에서 이반이 흰 이를 드러내며 키득거렸다.

"크크크. 이것이 진정한 천마의 기운이다. 설혹 네 몸뚱이가 강철로 만들어졌다고 해도 천마의 기운에 스치기만 하면 한 줌의 재로 화할 것이다."

소옥군과 나운상, 소랑은 잔뜩 긴장한 채 염려스러운 표정으로 기개세의 뒷모습을 바라보았다.

그녀들은 기개세를 돕고 싶은 마음이 간절했으나 그저 마음뿐이다.

천신과 천마의 대결에 무슨 수로 끼어든단 말인가. 도움은

커녕 외려 기개세의 발목을 잡게 될 것이다.

스우우.

그때 기개세의 몸에서 칠채보광(七彩寶光)이 찬란하게 뿜어지더니 곧 하나의 모습을 만들었다.

가루라염(迦樓羅炎)이다.

가루라의 오른손에는 부동화륜검(不動火輪劍:막 용광로에서 꺼낸 듯한 시뻘겋게 불타는 검)이, 왼손에는 징악화승편(懲惡火繩鞭:채찍에 가까운 붉고 굵은, 그리고 뾰족한 가시가 박힌 오라)이 쥐어져 있다.

가루라염에게서 뿜어지는 칠채보광으로 인해서 기개세가 있는 쪽은 눈부시게 빛났다.

하지만 이반이 있는 쪽은 그를 감싸고 회전하는 흑광 때문에 칠흑같은 어둠이었다.

"크크크. 가루라염 따위로 만신지존(萬神至尊)인 천마를 상대하려 들다니, 어리석구나."

그 순간 이반을 중심으로 회전하던 열 개의 흑광이 번뜩 한차례 빛을 발하는가 싶더니 어느새 한줄기의 거대한 빛줄기가 되어 기개세의 일 장 앞까지 쇄도해 오고 있었다.

콰콰콰콰콰—!

바닥에 주저앉아 있는 세 여자는 그것을 보고 안색이 창백하게 질려 버렸다.

순간 기개세 바로 뒤쪽에 광배처럼 펼쳐져 있는 가루라염이 그의 몸을 통과하면서 빛처럼 앞으로 폭사되어 나갔다.
 쿠우우우.
 그리고는 놀라운 일이 일어났다. 날개를 활짝 펼친 가루라염이 쇄도해 오던 흑광의 빛줄기를 앞으로 밀어내면서 이반을 향해서 전진하기 시작했다.
 그러자 이반의 안색이 급변했다. 그는 즉시 두 손을 앞으로 모아 합장을 하더니 질끈 눈을 감고 입속으로 뭔가 주문 같은 것을 외웠다.
 콰콰콰아아—!
 순간 기개세가 서 있는 곳의 천장과 바닥이 동시에 뚫어지면서 두 줄기의 흑광이 뿜어져 그의 몸을 칭칭 휘감았다.
 그뿐만이 아니라 흑광은 수십 가닥으로 쪼개지면서 기개세의 몸속으로 마구 파고들었다.
 이반은 눈을 번쩍 뜨고 악마처럼 웃었다.
 "크캇캇캇캇! 저놈을 갈가리 찢어 죽여라!"
 그 광경을 보면서 세 여자는 안색이 백지장처럼 새하얗게 탈색되었다.
 그때 흑색 빛줄기를 밀어내면서 전진하던 가루라염의 왼손에서 징악화승편이 이반을 향해 쏘아나갔다.
 "크크크. 어린아이 장난인가?"

이반은 가소롭다는 듯 웃으면서 합장을 풀더니 왼손을 슬쩍 휘둘렀다.

순간 흑색의 예기 여러 줄기가 폭사되어 징악화승편을 향해 쏘아갔다. 징악화승편을 도막내려는 의도다.

그러나 징악화승편은 여러 줄기의 예기를 그대로 통과하여 이반의 코앞까지 쇄도했다.

"엇?"

스스스.

그가 움찔 놀라는 순간 징악화승편은 눈 깜빡할 사이에 이반을 칭칭 묶어버렸다.

"이런……."

이반은 인상을 쓰더니 콱 어금니를 악물고 징악화승편을 끊으려고 천마지기를 극강으로 발출했다.

쿠아아앙!

순간 이반을 중심으로 마치 천 개의 벼락이 한 장소에 떨어진 듯한 엄청난 폭발이 일어났다.

콰콰콰콰아아아—

그 폭발로 방은 물론 전각 전체가 가루가 되어 사방으로 날아가 버렸다.

잠시 후 자욱한 먼지가 걷히고 장내의 광경이 드러났다.

엄청난 폭발이었으나 기개세가 보호한 덕분에 소옥군 등

은 무사했다.

전각이 통째로 날아가고 집터만 남은 그 자리에 기개세와 세 여자, 그리고 이반은 원래의 위치에 그대로 있었다.

단지 이반이 여전히 징악화승편에 꽁꽁 묶여 있으며, 기개세에게 쏘아오거나 그를 칭칭 감은 채 몸속으로 파고들던 흑광은 씻은 듯이 사라져 버린 상태였다.

징악화승편에 꽁꽁 묶인 이반은 더 이상 천마의 위력을 발휘할 수가 없었다.

징악화승편의 '징악(懲惡)'은 말 그대로 악을 묶는다는 뜻이다. 천마가 그것에 묶였으니 아무 힘도 쓰지 못하는 것은 당연한 일이다.

"아아……."

"대가……."

두려움에 떨던 소옥군 등은 그제야 환한 표정을 지으면서 일어섰다.

구오오오-!

그때 이반의 앞에 도달한 가루라염이 오른손의 부동화륜검을 번쩍 치켜들었다.

화르르-

그러자 부동화륜검에서 시퍼런 불길이 확 일어났다.

천마의 능력을 깡그리 잃어버리고 평범한 인간이 된 이반은 자신의 정수리를 향해 그어져 내리는 부동화륜검을 보면서 얼굴이 흙빛으로 변했다.
뚝!
그런데 맹렬하게 그어져 내리던 부동화륜검이 이반의 정수리 한 뼘 위에서 뚝 멈췄다.
눈을 치뜨고 있던 이반은 정지해 있는 부동화륜검에서 시선을 거두어 기개세를 보며 일그러진 표정을 지었다.
"값싼 동정 따윈 필요없다. 어서 죽여라."
기개세는 이반을 향해서 천천히 걸음을 옮겼다.
"너의 죄가 값싼 동정 따윌 받을 정도로 가볍다고 생각하는 것이냐?"
그 말을 들은 이반의 얼굴이 더욱 보기 싫게 일그러졌다.
이즈음 주변에는 천검오군주와 삼대명왕, 천검사무영대주 등 기개세의 측근들과 천검고수들 모두가 몰려나와 겹겹이 둘러서 있었다.
이반이 징악화승편에 칭칭 묶인 순간 그들의 제압됐던 심지도 한꺼번에 풀렸다.
기개세가 걸어가는 도중에 가루라염은 씻은 듯이 사라졌다.
하지만 이반을 묶은 징악화승편은 사라지지 않았다.
기개세는 이반 앞 세 걸음쯤에서 멈추었다.

"네가 저지른 모든 죄를 다 용서하더라도 한 가지만은 용서할 수가 없다."

기개세의 얼굴이 돌처럼 차갑게 변했다.

"내 아버지를 죽인 죄다."

그러더니 그는 이상한 자세를 취했다. 그것은 마치 이제 갓 권법을 배우기 시작한 무공 초심자의 자세 같았다.

휘익! 휙! 팡! 팡! 팡!

그러더니 정말로 팔다리를 요란하게 휘두르면서 어떤 권법을 펼치기 시작했다.

그런데 그가 아무리 멋들어지게 권법을 전개하더라도 모든 사람들의 눈에는 그것이 매우 조잡하게만 보였다.

천신의 경지에 오른 그가 이반 앞에서 갑자기 조잡한 권법을 펼칠 줄은 아무도 예상하지 못했다.

"풋!"

그때 그 권법이 무엇인지 알아차린 소랑이 손으로 입을 가리며 웃었다.

"저 권법이 뭔지 아는 거야?"

나운상이 잔뜩 궁금한 얼굴로 묻자 소랑은 더 이상 견딜 수 없다는 듯 웃음을 터뜨렸다.

"오호호호홋! 저 권법은 예전에 대가께서 아버님으로부터 최초로 배우신 사파의 최하급 기초권법인 북두뇌격(北斗雷擊)

이라는 것이에요!"

그러자 좌중에 와아! 하고 웃음이 터졌다.

하지만 이반의 얼굴은 밟아놓은 똥처럼 일그러졌다.

"이… 놈아! 제발 다른 멋진 초식으로 날 죽여라……!"

그는 자신이 사파 최하급 권법에 맞아서 죽는다는 치욕을 견딜 수가 없었다.

기개세는 손발을 멈추지 않고 계속 북두뇌격을 전개하면서 진지한 얼굴로 말했다.

"네놈 손에 죽은 내 아버지의 주먹이라고 생각해라."

말이 끝나자마자 그의 오른 주먹이 허공을 가르며 이반의 가슴으로 쏘아갔다.

위잉!

사파 최하급 기초권법다운 느려터진 속도다.

푸아악!

그러나 기개세의 주먹이 이반의 가슴 한복판에 적중되는 순간 그의 몸은 수천 조각으로 쪼개져서 흩어졌다.

파란만장한 삶을 살아온 천마 이반은 그렇게 허무하게 죽었다.

"주군! 속하들을 죽여주십시오!"

그때 둘러서 있던 천검오군주 이하 전 수하들이 일제히 부복하면서 우렁차게 외쳤다.

기개세는 그들을 천천히 둘러본 후에 조용히 입을 열었다.
"나는 더 이상 너희들의 주군이 아니다."
소스라치게 놀란 수하들은 고개를 들고 기개세를 쳐다보았다. 그가 용서하지 않는 것이라 생각한 것이다.
기개세는 단호한 표정으로 말을 이었다.
"이 시각으로 천검신문을 해체한다."
순간 모두의 얼굴에 아연실색한 표정이 가득 떠올랐다.
그때 허공에서 두 개의 인영이 하강하여 기개세 좌우에 소리없이 내려섰다.
다름 아닌 아미와 독고비다. 그녀들은 좌우에서 기개세의 팔을 잡고 뇌룡문의 입구 쪽으로 이끌었다.
"그만 가요, 대가."
세 사람이 걸어가자 수하들이 파도처럼 길을 터주었다.
소옥군과 나운상, 소랑은 착잡한 표정으로 기개세와 아미, 독고비의 뒷모습을 바라보았다.
그녀들은 지은 죄가 너무 막중해서 차마 따라갈 엄두가 나지 않았다.
"큰언니……! 잘못했어요! 용서하세요!"
세 여자는 일제히 무릎을 꿇고 눈물을 흘리며 애원했다.
그러자 아미가 뒤돌아보지 않은 채 꾸짖는 듯한 어조로 말했다.

"냉큼 안 따라오면 정말 두고 갈 거야!"

순간 소옥군과 나운상, 소랑은 벌떡 일어나더니 부리나케 기개세를 뒤쫓아갔다.

모든 수하들은 멀어지는 기개세와 다섯 부인을 향해 부복한 채 깊숙이 고개를 숙였다.

사파에서 태어나고 자라 천검신문 태문주와 천신의 경지에까지 오른 위대한 사나이 대사부(大邪夫)에게 올리는 무한한 경배(敬拜)인 것이다.

『대사부』大尾

Book Publishing CHUNGEORAM
송진용 新무협 판타지 소설

흑풍구

호랑이 이빨
黑風口

새로운 대륙, 새로운 강호에서
새로운 이야기가 시작된다.
검은 하늘에 빛나는 별처럼 찬란한 영웅들이 있고, 그들의 영혼을 탐내는 어둠이 있다.
그 혼돈의 시대에 태어나 불굴의 기백을 지니고 전장을 치달리던 장수 황보강.
그를 쫓는 〈악몽〉들. 그리고 운명이라는 이름으로 결정지어진 고난.
그것들은 결코 떼어놓을 수 없는 그의 분신이기도 하다.
어느 날 황보강은 선택의 기로에 선다.
운명에 굴복하고 나 또한 〈악몽〉이 될 것이냐 아니면 내 손으로 내 운명을 만들어 나가는
자가 될 것이냐……
전자의 길은 편하고 달콤할 것이며, 후자의 길은 가시밭길이 될 것이다.

〈악몽〉은 언제나 우리 곁에 있는 어둠이다. 우리들의 또 다른 모습이기도 한 것이다.
그래서 우리는 매 순간 황보강과 같은 선택의 기로에 서지 않던가.
그리고 무엇을 택하든 모든 운명은 〈무정하(無情河)〉에서 비로소 끝나리라.

Book Publishing CHUNGEORAM

 유행이 아닌 자유추구 -
WWW.chungeoram.com

RELOAD
리로드
Book Publishing CHUNGEORAM
이수영 판타지 장편 소설

'Fly me to the moon' 의 작가 이수영!
'리로드Reload' 로 귀환하다!

―빈약한 운명 하나를 쥐어 그 자리에 넣었구려. 허나 그대가 되돌린 인간은
인간이라기엔 너무도 강한 운명을 가진 자오. 그자로 말미암아 뒤틀릴 운명들은
어찌하려오.

운명의 여신이 준엄하게 물었다.

―나는 대가를 치렀소, 운명의 여신 베기르 라라여. 동의하시오?

전신(戰神) 카자르 엔더는 하나 남은 혈손을 위해 신력의 반을 희생했지만
그의 투기는 흔들리지 않았다. 그는 현존하는 전쟁의 신이고 대륙에서 가
장 크게 숭앙받는 신이었다. 하위 신들과 비슷할 정도로 신력이 감소해서
도 그의 영향력은 줄어들지 않았다.

―오만하구려, 카자르 엔더여.

베기르 라라가 냉소했다. 운명의 여신은 평소에는 조용했지만 뒤틀린 시간
과 인과에 대해서는 엄격하였다. 그녀가 다스리는 운명의 굴레는 신들조차
벗어날 수 없는 것. 장대를 휘두르는 눈먼 여신을 신들도 두려워했다.
그러나 오만하고 교활한 전신(戰神)은 그녀를 외면하고 항의하는 다른 신
들을 향해 미소 지었다.

―누구의 말하지 말, 말로만 떠들지 말고 덤벼.

● 낙월소검(落月笑劍) - 달빛은 흐르고 검은 웃는다
BOOKCUBE에서 절찬 연재 중.

Book Publishing CHUNGEORAM　　　WWW.chungeoram.com

Book Publishing CHUNGEORAM

강명운 판타지 장편 소설

사립 사프란 마법 여학교였던 [외전] 학교

쏟아지는 개그!
빵빵 터지는 웃음!

히트작
「사립 사프란 마법 여학교였던 학교」 외전!
마론 일당의 숨겨져 있던 이야기, 지금 공개!

소녀들은 숙녀가 되는 예법을 익히며, 취미 삼아 마법을 배우는 요조숙녀들의 전당,

그러나 교장의 아주아주 개인적인 이유로 소녀들의 낙원에 세 남학생이 입학하면서,
「사립 사프란 마법 여학교」였던 학교가 되고 마는데…

바람 잘날 없이 시끌벅적 버라이어티한
학원 코믹 로맨스 판타지물의 정화!!

유행이 아닌 자유추구 -
WWW.chungeoram.com
Book Publishing CHUNGEORAM

Book Publishing CHUNGEORAM
대호 퓨전 판타지 소설

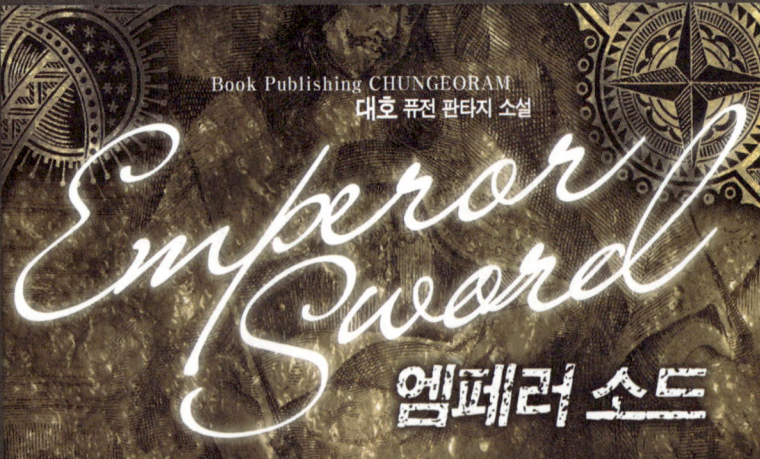

Emperor Sword
엠페러 소드

어머니의 강권으로 용병 생활을 끝마치고 돌아왔더니
이번엔 로열 아카데미에 입학?
조용히 학창생활을 영위하려 했더니, 뭐?
부모님은 사라지고 집이 불타?

실종된 부모님을 찾기 위해, 귀족들의 횡포를 처벌하기 위해
오늘도 그의 황금 사자패가 빛을 뿜는다!

"암행어사 출두야!"

**테일론 대제국의 유일한 암행 감찰관 레인!
그가 만들어가는 새로운 판타지에 주목하라!**

유행이 아닌 자유추구 -
WWW.chungeoram.com
Book Publishing CHUNGEORAM